신월新月
― 다시 환상을 꿈꾸다

신월新月
― 다시 환상을 꿈꾸다

최정희 소설집

우리는 누군가를 사랑했었고,
사랑할 기회가 있었기 때문에 모두 인간이 된다.

― 보리스 파스테르나크의 『어느 시인의 죽음』

본문 「반짝이던 동전」 중

신월新月
— 다시 환상을 꿈꾸다

1판 1쇄 펴낸날 2023년 11월 29일

지은이　최정희
펴낸이　서정원
펴낸곳　도서출판 전망
주소　　48931 부산광역시 중구 해관로 55(201호)
전화　　051) 466-2006
팩스　　051) 441-4445
이메일　w441@chol.com
출판등록　제1992-000005호
ⓒ최정희 KOREA

ISBN 978-89-7973-615-1
값 15,000원

* 저자와의 협의에 의해 인지를 생략합니다.
* 이 책 내용의 전부 또는 일부를 재사용하시려면 저작권자와 도서출판 전망 양측의 동의를 받아야 합니다.

이 책은 2023년도 경남문화예술진흥원의 문화예술지원을 보조받아 발간되었습니다.

차례

능소화 필 때 _ 011

신월新月 — 다시 환상을 꿈꾸다 _ 039

신월新月 — 다른 이야기 _ 067

반짝이던 동전 _ 091

바라춤 _ 119

구름바다, 모래성 _ 145

작품 해설
장소와 운명을 탐색하는 소설 쓰기/강희철(문학평론가) — 211

수록작품 발표지면

1. 「능소화 필 때」≪경남작가≫ 2018년 상반기호, ≪2018 제10회 현진건문학상 작품집≫
2. 「신월新月 – 다시 환상을 꿈꾸다」≪한국소설≫ 2023년 6월호
3. 「신월新月 – 다른 이야기」≪경남작가≫ 2023년 상반기호
4. 「반짝이던 동전」≪주변인과 문학≫ 2020년 봄호
5. 「바라춤」≪경남작가회의 사화집≫ 2019년 하반기호
6. 「구름바다, 모래성」≪한국소설≫ 2017년 11월호

능소화 필 때

먼지를 머금은 바람이 잔디를 쓸고 갔다. 학교 담장을 따라 심어진 배롱나무가 마치 귀기鬼氣가 서려 있는 듯 처연히 붉은 빛을 뿜어내고 있다. '배롱나무(나무 백일홍)'라 쓰인 이름표가 나뭇가지에 대롱 매달려 흔들거린다. 쭈글쭈글 얽어진 꽃잎이 꼭 늙은이의 주름처럼 가지마다 빼곡히 박혀 있다. 실바람에 꽃잎 하나가 허공에서 곡예를 하듯 빙글 돌다가 내 어깨 위로 톡 떨어진다. 꽃잎을 잡으려고 어깨에 손을 갖다 대자 꽃잎이 어디론가 휙 날아가 버린다.

휴일이라 그런지 교내가 쓸쓸해 보인다. 등나무에 친친 몸을 휘감은 능소화 줄기들이 등의 숨통을 끊어버릴 것만 같다. 나는 표정을 일그러트리며 왼손을 가슴께에 갖다 대고 등나무 아래 벤치에 조용히 앉는다. 눈앞에 능소화 한 줄기가 힘없이 축 늘어져 있다. 까치밥처럼 나무줄기에 꼭 붙어 있는 두세 송이 꽃이 나를 유혹하는 것 같다.

어디서 다쳤는지 한쪽 다리를 절뚝이는 검은 고양이 한 마리가 앞을 지나간다. 배를 곯아서인지 행동이 영 민첩하지 않다. 고양이는 흔들리듯 불안한 눈빛으로 나를 쳐다보고는 시선을 피해 슬며시 가버린다. 건너편 장의자에 몸을 길게 뻗고 죽은 듯이 자는 초로의 노인 한 명이 내 시선을 붙잡는다. 햇빛에 많이 노출된 듯 안색이 검고, 굴곡진 삶을 살아온 것처럼 손마디가 굵고 투박하다. 저렇듯 잠에 깊이 빠져본 때가 언제였던가 하고 잠시 상념에 잠긴다.

저녁노을이 붉게 하늘을 물들인다. 운동장 가장자리를 따라 조성된 둘레길을 천천히 걷는다. 건강을 위해서가 결코 아니다. 그렇게라도 하지 않으면 소화를 못 시키기 때문이다. 조깅은 무리라 천천히 워킹을 한다. 아들 나이쯤 되어 보이는 중년의 남자가 흰 추리닝을 입고 내 뒤를 바투 뛰어온다. 나는 속력을 내며 달려오는 자동차를 피하듯 얼른 몸을 운동장 쪽으로 비켜선다.

이번에는 파란 운동복을 입은 딸 나이대의 여자가 빠른 워킹을 하며 다가온다. 마오리족의 걷는 모습과 흡사하게 두 팔을 90도 각도로 창공을 향해 힘차게 뻗는다. 또 슬그머니 옆으로 길을 양보한다. 여자는 조금도 흔들림 없이 허리를 꼿꼿이 세우고 오리 엉덩이를 흔들며 앞으로 씩씩하게 나아간다. 모자의 차양이 오리 부리처럼 어색하게 앞으로 뻗어 나와 있다.

운동을 마치고 김밥천국에 들어가 김밥 한 줄과 어묵 두 개를 주문한다. 김밥 한 줄만 해도 겨우 먹는데 미안해서 어묵을 덤으로 시킨다. 먹는 시간도 걸리고 혼자 식탁을 차지하고 있는 게 눈치가 보여서다. 다음부터는 김밥 한 줄만 사서 집에 가서 먹을까 싶다. 김밥천국에서 나와 다시 학교로 향한다. 백로라는 절기가 지나서 그런지 제법 날씨가 시원하다. 백로 때 비가 오면 풍년이 든다는 옛말이 생각난다.

    운동장을 또 세 바퀴 돌고는 어둡기 전에 집으로 향한다. 주택가의 이면도로를 따라 걸어가다가 건널목 앞에 선다. 차들이 지나가기를 한참 기다리다 좌우를 살피며 조심스럽게 도로를 걷는다. 그때 난데없이 1톤 트럭이 경적을 울리며 빠르게 다가와서 오도 가지도 못하고 그 자리에 멈춰 선다. 트럭 운전사의 고함과 클랙슨 소리가 내 귀를 가열하게 치며 지나간다. 조금이라도 힘을 놓아버렸다면 진공청소기 안으로 빨려 들어가는 먼지처럼 트럭 안으로 쑥 들어갈 뻔했다. 다리가 후들후들 떨려온다.

    갑자기 여기저기서 빵빵거리는 소리가 순식간에 내 귀청을 사로잡는 것과 동시에 자동차 행렬이 도로를 따라 일직선상으로 쭉 섰다. 나는 손 귀마개를 하고선 그 자리에 털썩 주저앉아 버린다. 순간 요의가 심하게 요동치는가 싶더니 나도 모르게 시원스럽게 소변이 나온다. 뜨뜻한 감각이 아랫도리에 서서히 젖어 든다. 부끄럽다는 생각보다 사정했을 때처럼 배설의 쾌감이 인다. 나를 알아본 슈퍼주인이 급히 뛰어나와 자동차를 향해 손을 흔들며 저지시킨다.

"어르신 괜찮으시겠어요? 엄연히 건널목이 표시되어 있는데… 몹쓸 인간들 같으니… 지들은 평생 늙지 않을 건가?"

놀란 얼굴을 한 슈퍼주인은 오줌 지린 나를 부축하며 말을 건넨다.

슈퍼주인에게 고맙다는 말을 전하고 아파트 단지 안으로 들어선다. 입구에서 40대 중반 나이로 보이는 경비가 군인처럼 차렷 자세로 서서 반듯하게 오른손을 이마에 올려 경례를 한다.

'이제 경비마저 젊은이가 하다니….'

20년 된 낡은 아파트 두 동이 서로 마주 보고 인사하듯 서 있다. 3년 전에 아내가 위암으로 죽고 30평대 아파트를 팔고 10평대 아파트를 사서 여기로 이사 왔다. 5층 건물이고 지하철과 버스정류장도 가까워 혼자 살기에는 편리한 곳이다.

현관문 열쇠 구멍 안으로 키를 넣으려는 순간 애완견인 쫑이 문짝을 거칠게 할퀴는 소리가 들린다. 문을 따고 안으로 들어가려고 하는 그때, 쫑이 문 틈새에서 쏙 뛰쳐나온다. 바깥에서 꼬리를 흔들며 미친 듯 팔딱거린다. 얼른 들어와, 하고 소리치는데도 녀석은 우왕좌왕 신나서 주체할 수 없는 모양인 듯 아랑곳하지 않는다. 나는 문을 닫아버리고 현관문에 살짝 기대어 문 틈새로 상황을 살핀다. 녀석은 어리둥절한 듯 동작을 멈추고 조용하다. 그제야 살그머니 문을 여니 녀석이 순식간에 안으로 뛰어든다.

 녀석은 또 거실을 빙글빙글 돌며 내가 신발을 벗고 올라오자 기다렸다는 듯 내 바짓단에 감겨든다. 몸을 구부려 녀석의 등을 부드럽게 만져준다. 몸을 납작 엎드린 쫑은 혀를 내밀어 내 손을 끈덕지게 핥아댄다.

 오줌에 젖은 바지와 팬티를 벗어 세탁기에 넣고 거실 바닥에 티셔츠를 벗어 던진 후 욕실로 들어간다. 샤워기를 틀어 몸을 깨끗이 씻어내니 기분이 한결 상쾌해진다. 샤워를 끝내고 거실 소파에 앉아 리모컨으로 텔레비전을 켠다. 그때 마침 휴대전화가 울린다. 볼륨을 낮추고 전화를 받아보니 서울에서 종합병원의 내과 전문의로 일하고 있는 아들이다.

 '아버지, 몸은 괜찮으세요? 응 좋다. 이젠 고집 그만 부리시고 저희가 모실 테니 서울로 제발 올라오세요. 난 이라 사는 게 편하다. 다들 별일은 없는가? 네 그럭저럭, 아시다시피 작은 애가 모레 교환학생으로 미국 가요. 몸조심하라고 해. 예.'

 두세 마디 통상적인 안부 말이 서로 오가고 긴 침묵이 이어진다. 피곤하니 그만 끊자고 아들에게 말하고는 전화를 끊는다. 고개를 돌려 텔레비전 볼륨을 올린다. 이태석 신부의 생애가 다큐멘터리 드라마로 방영되고 있다. 의사로 부귀영화를 누릴 수 있음에도, 평범한 욕망을 일절 거부한 채 아프리카에서 봉사만 하고 살다간 사람. 갑자기 목울대에서 뜨거운 것이 올라온다. 그분과 비교하니 나 자신이 한없이 작아 보인다. 죽었다 깨어나도 난 그럴 수 없는 인간이다.

'저분의 뇌 구조는 필시 보통 사람들과 다르게 형성되어 있을 거야.'

밤이 이슥한데도 잠이 오지 않아 몸을 뒤척이다 겨우 잠이 든다. 파리한 얼굴을 한 아내가 빙그레 웃으며 나타난다.

'이 여편네야! 당신의 죽음으로 인해 우리 관계는 이젠 영원히 끝났어. 당신의 세계로 돌아가란 말이야! 왜 자꾸 나타나서 나를 괴롭혀? 삼 년이면 지긋지긋해. 앞으로 난 새 장가도 갈 거란 말이야!'

꿈에서 깨어나 한동안 멍하니 앉아 있다가 정신을 수습하고는 손을 들어 이마로 가져간다. 손바닥으로 끈적끈적한 땀을 훔친다. 밤의 정적을 깨트릴 만한 것은 그 어디에도 없다. 새벽의 희미한 빛조차 까마득하다.

아침에 일어나 쌀을 씻어 전기밥솥에 안친다. 세수하기 위해 욕실로 들어가니 암모니아 냄새가 훅 끼친다. 쫑의 오줌 냄새다. 저도 미안한지 저만치 물러서 있다. 샤워기를 틀어 욕실 바닥의 오물을 흘려보내고 얼굴을 씻은 후 거울을 들여다본다. 내년이면 아흔한 살이 된다. 친구들도 이제 다 죽고 없다.

반찬 가게에서 구매한 김치, 연근조림, 고등어조림, 취나물 무침과 함께 아침 식탁을 차린다. 쫑의 식사를 위해 인스턴트 먹이를 봉지에서 한 줌 꺼내어 바닥에 뿌려주니 녀석이 와락 달려들어 먹기 시작한다. 밥통을 여니 뜨거운 김이 얼굴에 확 끼쳤다. 밥주걱으로 그릇에 밥을 퍼 담고 의자에 앉으려 하니 그새 다 먹은 녀석이 눈을 말똥거리며 나를 빤히 쳐다본다.

'더는 안 돼. 비만증이라고 의사 선생님께 야단맞았어. 너를 요크셔가 아니라 똥개처럼 키웠다고 말이야.'

녀석의 종은 요크셔테리어다. 아내가 죽자 혼자 사는 게 너무 적적해 애견 센터에서 은빛 털을 반짝이는 녀석을 반려자로 맞아들였다. 나에게 재롱부리는 모습이 너무 귀여워 자꾸 맛있는 것을 주다 보니 몸이 점점 통통해지기 시작했다. 그러다 예방접종을 맞추기 위해 동물병원으로 데리고 갔는데 성인병에 걸렸다고 의사가 나무랐다. 동물도 사람하고 똑같아서 영양 과잉이면 병에 걸리니 주의하라고 했다.

쫑의 먹이도 다 떨어져 가고, 운동이라 생각하며 천천히 걸어서 대형마트로 향한다. 매장 안으로 들어가니 평일이라 한산해서 편안한 마음이 든다. 과일처럼 풋풋한 아가씨가 미니스커트를 입고 바나나를 썰면서 먹어보라고 권한다. 먹고 싶으나 사지도 않을 건데 왠지 미안한 마음이 들어 그냥 지나친다.

연고동색 배낭을 멘 노파 두 명이 다가가더니 잘라놓은 바나나를 플라스틱 이쑤시개로 태연히 먹기 시작한다. 한 접시 가득 담긴 바나나 조각들이 차례차례 없어진다. 결국, 접시에 담긴 바나나를 다 먹은 후에 바나나를 사려는가 생각했다. 접시에 놓인 바나나를 다 먹은 노파 한 명은 다른 코너로 옮겨가 물건을 고르고 있다. 그때 마침 중년으로 보이는 여자 한 명이 다가오자 판매 아가씨는 얼른 바나나 한 개의 껍질을 벗겨 썰면서 드셔보라 말하며 쟁반 위에 올려놓는다. 여자는 먹지 않고 그냥 지나쳐 버린다. 마치 기다렸다는 듯이 나머지 한 명의 노파는 잽싸게 또 바나나를 먹기 시작한다.

나는 끝까지 어떻게 하는지 보고 싶어 가지 않고 그곳을 줄곧 응시한다. 노파는 끈질기게 서서 표정 하나 흩트리지 않고 야금야금 먹고 있다. 굵직한 얼굴 주름이 지렁이처럼 꿈틀거린다. 옷차림을 보아도 그리 가난에 허덕이는 것 같지 않아 보인다. 이와 같은 방법으로 몇 번을 반복하더니 속을 양껏 채우고서야 그 자리를 유유히 떠난다. 물론 바나나를 사지 않고서다. 같은 연령대라 그런지 내가 꼭 죄를 지은 것만 같아 얼굴이 달아오른다.

'늙어간다는 것은 양심과 수치심도 함께 사라지는 것인가.'

쫑의 사료를 사 들고 마트를 나와 집으로 향한다. 아직 햇볕이 뜨겁다.

가까이서 내 나이 또래로 보이는 노파 한 명이 땀을 뻘뻘 흘리며 폐지를 실은 짐수레를 끌면서 힘들게 가고 있다. 그 순간, 내 손은 자동으로 손수레의 꽁무니로 다가가 밀고 있다. 노파는 별 의심도 없이 착착 앞으로 나아간다. 어느덧 내가 사는 아파트어 다다랐다. 아직 눈치를 채지 못한 노파는 몸빼를 돛대처럼 펄렁이며 묵묵히 가고 있다. 그만 밀까 갈등이 생겼지만, 그냥 끝까지 밀어주기로 마음먹는다.

어디선가 백일홍 꽃잎 하나가 날아와 노파의 백발 위에 나비처럼 살포시 내려앉는다. 저 나이에 꽃핀이라니…. 혼자 빙긋이 웃는다. 노파는 한참을 가다가 국방색 대문 앞에 손수레를 정지시키고 뒤를 돌아다본다.

"아이고 이를 어째. 어째 술술 잘도 간다고 했지, 누가 밀어준다는 생각은 눈곱만큼도 하지 못했네요. 감사합니다."

노파는 어쩔 줄 모르는 표정을 지으며 잠깐 기다려 달라 말하고는 근처 가게로 다람쥐처럼 쪼르르 뛰어간다. 그러고는 요구르트 하나를 사 와서는 나에게 내민다. 순간 목울대가 울컥하며 눈물이 핑 돈다. 슈퍼에서 20개가 든 한 꾸러미의 요구르트를 사서 유통기간 내에 다 먹지 못하고 내다 버린 요구르트가 떠오른다. 거절하는 것도 예의가 아닌 듯 잘 먹겠습니다. 하고 이내 몸을 틀어 도망치듯 빨리 걷는다. 실은 글썽이는 눈물을 감추려고 했는데 오해는 하지 말았으면 하는 마음이다.

집으로 돌아와 소파에 털썩 주저앉는다. 이상하게도 노파의 모습이 어른거려 일이 손에 잡히지 않는다. 동정인지 연민인지 어떤 감정인지는 명확하지 않다. 쫑이 내 품 안으로 기어오르려고 온갖 아양을 떨고 있지만, 눈길을 전혀 주지 않는다. 녀석은 지쳤는지 나가떨어져, 거실 귀퉁이에서 그만 잠에 빠져버린다. 오후 운동을 하러 학교에 가야 하는데 내키지 않는다.

　실컷 잠을 잤는지 녀석이 기지개를 켜며 가까이 다가온다. 녀석을 보자 마트에서 산 물건을 노파의 짐수레 안에 놓아두고 왔다는 생각이 퍼뜩 떠오른다. 그런 것쯤이야 잊어버려도 대수롭지 않지만, 나 자신도 정확히 알 수 없는 무엇인가가 나를 붙잡고 좀처럼 놓아주지 않는다.

　나는 이틀째 바깥출입을 하지 않고 집안에 틀어박혀 있다. 녀석이 배가 고픈지 힘없이 칭얼거린다. 그때서야 사료가 떨어졌다는 것에 생각이 미친다. 밥을 지어 간신히 한술 뜨고 은행으로 간다. 정기예금 가운데 천만 원만 해지하여 수표 한 장을 넣은 봉투를 호주머니에 넣고 은행을 나와 노파의 집으로 간다.

　국방색 대문 앞에 쪼그리고 앉아 노파를 마냥 기다린다. 만약 이틀 전과 똑같은 시간대로 일을 하고 있다면 아마 이 시간쯤 노파가 나타날 것이다. 몇 시간이 흘러갔을까. 해가 서쪽으로 스러지고 있는데도 노파는 나타나지 않았다. 혹시 몸이 아파 집에서 쉬고 있는 것일 수도 있다는 생각에 대문 안으로 머리를 약간 들이밀고 동정을 살핀다.

　"혹, 접때 그 어르신 아닌가요?"

화들짝 놀람과 동시에 귀에 익은 목소리가 귓전을 울리자 몸을 뒤로 돌린다. 손수레에서 몸을 구부리며 빠져나오고 있는 노파가 능소화처럼 활짝 웃는다. 나는 반갑게 인사하며 고개를 숙인다. 노파는 잠깐만 기다려달라는 말을 남기고 총총 대문 안으로 들어가더니 이내 나와서는, 사료가 담긴 비닐봉지를 쑥 내민다.
"이거 찾으러 오셨지요?"
　구겨진 종이처럼 눈가에 잔주름이 자글자글한 노파는 열아홉 처녀인 양 수줍음을 타며 말을 건넨다. 얼떨결에 받아들며 고맙다고 말한다. 저야말로 고맙죠. 하며 노파는 머리를 조아린다. 오랜 침묵이 이어진다. 호주머니 안에 손을 넣고 주물럭거린 봉투에 땀이 배어 있다. 어색함을 무마시키기 위해 어떤 말이나 행동을 해야 하는데 아무것도 떠오르지 않는다. 아니 봉투를 줘야 하는데 용기가 나지 않는다는 것이 더 적확한 표현일 것이다.
　잠시 후, 침묵의 공간 속으로 꼬불꼬불한 종이꽃 같은 나무 백일홍 꽃잎 몇 알이 바람을 따라 너울너울 춤추며 더다닌다. 노파와 나는 허공 속을 떠돌고 있는 붉디붉은 꽃잎을 하염없이 바라본다. 불편한 기류는 온데간데없고 자연스럽게 마음이 편안해진다. 전혀 거북스러운 감정이 아닌 마치 오래전부터 만나온 옛 친구처럼 친밀함이 전해온다. 해가 건물 뒤로 숨어버렸고 백일홍 빛 저녁노을이 하늘을 빨갛게 물들인다.

"나중에 읽어보세요."

연애편지라고 생각할지도 모르겠으나 노을빛 얼굴로 봉투를 받아 든 노파는 꽃잎 같은 미소로 봉투를 손에 꼭 쥔다. 우리는 가볍게 인사를 하고 아쉬운 듯 헤어진다. 어깨에 무거운 짐을 내려놓은 듯 발걸음이 한결 가볍다. 봉투에 몇 마디 써넣을까도 생각했지만, 왠지 더 어색할 것 같아 그냥 돈만 넣기로 한 것이다. 오래간만에 학교 운동장에 가서 워킹을 한다. 집으로 돌아와서 쫑에게 사료 봉지를 뜯어 먹이를 주니 녀석이 걸신들린 듯 먹어댄다. 미안한 마음이 들어 한 손에 가득 담아 바닥에 또 펼쳐놓는다.

학교 담장을 따라 조성된 배롱나무는 옷을 죄다 벗어버렸다. 낙엽이 또르르 몸을 말아 구르다가 내 운동화에 싸각 밟힌다. 건조한 일상이 쉼 없이 반복된다. 잠, 식사, 뒷설거지, 운동, 텔레비전, 배설, 슈퍼, 세수, 쫑 돌봄, 청소, 빨래… 목숨만 이어가는 것이지 그 이상, 이하의 의미도 없는 삶이 지루하게 이어진다.

난데없이 삶과 죽음에 대해 심각하게 고민해 본다. 왜 사는가. 여태껏 나는 한 번이라도 이 문제에 대해 진지한 물음을 던진 적이 없었다. 90세가 되는 이날 이때까지 아무 생각 없이 그냥 무턱대고 살아왔던 터였다. 태어나서 처음 의문을 가져보고 깊이 고민해 보지만 그 물음에 대한 해답이 좀처럼 나오지 않는다.

그러다 어느 날, 실핏줄처럼 흐릿한 그 무엇이 뇌리를 언뜻 스친다. 원동력, 에너지…. 나는 지금까지 아무런 생각 없이 살아온 것이 아닌, 언제나 무엇인가 갈구하며 하루하루를 보냈던 것 같다. 학교에 가기 위해 준비물 챙기고, 쌀 사기 위해 노동을 하고, 자식을 양육하기 위해 돈 벌어야 하고, 미래를 위해 저축하고, 돈 벌기 위해 건강해야 하고… 등등, 이런 행위를 유발하는 어떤 목표가 늘 있었다. 그런데 지금은 어떤가. 동기를 부여할 만한 원동력이 아예 사라져버린 상태다. 다시 말해서, 이루고자 하는 목표와 살아가는 목적이 없어져 버렸다. 이런저런 생각을 하고 있는데 폰이 울린다.

'아버지, 저예요. 별일 없어요? 뭔 별일이 있겠어. 너희들도 다 잘 있지? 예. 아버지, 제발 서울로 올라오셔서 같이 살아요. 혼자 적적하지 않으세요? 싫다. 난 고향에서 죽으련다. 혼자 사는 게 편해서야. 암튼 아버지 고집은 알아주어야 한다니깐. 그건 그렇고, 다음 주 일요일이 아버지 생신이니 전날인 토요일에 남서방하고 오빠, 올케랑 한 차로 같이 내려갈게요. 그래 알았어. 조심해서 와.'

딸과 통화를 끝내고 생각에 잠긴다. 자식과 함께 사는 것이 죽기보다 싫다. 그 이유는 불편함이다. 또한, 부산에서 태어나 여태껏 살아온 고장을 떠난다는 게, 마치 머나먼 타국으로 이민 가는 듯한 기분이 들기 때문이기도 하다. 이대로 혼자 여기서 편안히 살다 그냥 죽고 싶을 뿐이다.

매일매일 살아가야 하는 의무감에 가슴이 답답하다. 누군가 살아가는 이유를 나에게 명쾌하게 설명해 주었으면 좋으련만. 이런저런 생각을 하고 있는데 느닷없이 폐지를 끌고 다니는 노파의 모습이 눈앞에 아른거린다. 노파는 힘들게 손수레를 끌고 다니면서도 늘 능소화처럼 활짝 웃고 있었다. 이상하게도 노파의 모습을 떠올리니 갑자기 새벽공기처럼 기분이 상쾌해진다.

자리에서 일어나 바깥으로 나가 도로를 따라 무작정 걷는다. 그러다 어느 지점에서 무턱대고 서서 누군가를 기다리고 있는 나 자신을 의식하고는 깜짝 놀란다. 그 순간, 저쪽에서 짐수레를 끌고 오는 노파의 모습이 한눈에 잡힌다. 원인을 알 수 없으나 가슴이 두근거린다. 스스로 주책이라며 자신을 책망한다. 노파가 점점 가까이 다가오자 얼굴이 뜨거워진다. 마침내 나를 발견한 노파는 반갑게 웃는다. 나도 웃음으로 대한다. 끄는 것을 멈춘 노파는 오른손으로 이마에 흐르는 땀을 훔쳐내더니 상쾌한 어조로 말을 건넨다.

"아이고 어르신, 그렇지 않아도 기다렸어요. 접때 무슨 돈을."

내가 노파의 말을 중간에서 가위로 종이 자르듯 싹둑 잘라버린다.

"그건 제 마음이니 그냥 받아두세요. 그리고 이걸 제가 한 번 끌어볼 테니 할멈께서는 뒤에서 좀 밀어주오."

"이를 어째? 이런 일은 어르신께서 하실 일이 아니지요."

노파는 어쩔 줄 몰라 한다.

"내가 할 일이 없어 집에서 빈둥빈둥 놀다 보니 소화가 안 되어 운동 삼아 해보려 하니 너무 심려치 마오."

나도 모르게 당황한 노파에게 용기 있게 내뱉는다. 어쩔 수 없다는 표정으로 노파는 고개를 숙이며 손잡이 아래로 빠져나와 손수레 뒤로 간다. 나는 손잡이를 단단히 잡고 손수레를 끌며 앞으로 나아간다. 생각보다 힘들지 않았다. 노파의 집 앞에 당도해 걸음을 멈춘다. 노파는 가지 말고 잠깐만 기다려달라며 쪼르르 안쪽으로 뛰어간다. 노파가 분명 수표를 가져올 것이라 예상한 나는 얼른 집으로 돌아간다. 움직이고 나니 몸이 한결 가벼워진 것 같았다. 밤에는 꿈조차 꾸지 않고 깊은 잠에 빠져버렸다.

아침에 일어나 밥을 먹고 노파의 집으로 향한다. 마침 노파가 대문 밖으로 나오는 중이다. 나를 보자 환한 미소를 머금으며 잠깐만 기다리라 하고는 또 집으로 들어가려 한다. 나는 바로 노파의 손을 붙잡는다.

"자꾸 이러시면 정말 화낼 겁니다. 제 성의를 무시하는 거라고요. 저는 그 돈 없어도 사는 데 지장 없어요."

나는 약간 정색을 하며 목소리 톤을 올린다.

"사람이란 자꾸 공짓을 얻다 보면 또 뭔가를 바라게 되지요. 그리고 제가 몸이 아픈 것도 아니고, 밥을 굶는 것도 아니기 때문에 남 도움을 받고 싶지 않아요. 제 마음이 불편해서 그래요."

요즘 세상에 보기 드문 노파였다.

"남의 성의를 지나치게 거절하는 것도 예의가 아니지요. 그에 관해서는 인제 그만 얘기하시고 지금부터 어떤 일을 하나요? 어제는 몸을 좀 움직였더니 소화가 잘되어 밤에 잠도 잘 오고, 몸도 훨씬 가벼워진 느낌이 들어요. 그래서 오늘 하루만이라도 할멈 일을 도우며 같이 해볼까 해요."

나는 일부러 노파의 말을 막으며 근엄한 어조로 말을 던진다.

"그럼 오늘 하루만 같이 하시는 겁니다. 우선 손수레에 꽉 찬 폐지를 인근에 있는 고물상으로 가져가야 해요."

노파도 포기한 듯 한발 물러서는 모양새의 말을 건넨다.

"그럼 제가 손수레를 끌게요."

내 말에 노파는 웃음을 띠며 그러라고 한다. 뒤에서 노파가 밀고 나는 손수레를 끌며 앞으로 착착 나아간다. 별 힘도 들지 않고 기분이 좋아진다. 그러나 한 시간쯤 가고 있는데 길이 좀 가팔라지기 시작하더니 힘이 꽤 든다. 하지만 노파에게 내색하기 싫어 짐짓 모른 체하며 손수레를 힘껏 끈다. 땀이 나오고 숨이 가빠왔지만, 자존심에 말을 할 수가 없다. 속으로 끙끙대며 올라간다. 드디어 쓰러지기 직전에 간신히 고물상에 다다른다.

"힘들지요? 고맙습니다. 이걸로 땀 닦으세요."

노파의 물음에 좀 힘들다며 말하고는 노파가 건네는 수건으로 이마에 땀을 훔쳐낸다. 노파가 고물상 주인에게 폐지를 달아 값을 치르는 동안, 나는 벤치에 앉아 몸을 식힌다. 계산을 끝낸 노파가 가까이 다가오자 나는 자리에서 일어나 빈 손수레를 끌며 경사진 길을 내려간다. 내려오는 것도 힘을 주어야만 손수레가 굴러떨어지지 않고 적절한 균형이 유지되었다.

노파의 대문 앞에 도착하니 점심때였다. 누추하지만 집에 들어가셔서 식사하고 가시겠냐고 노파는 물었다. 오후에 약속 있는 걸 깜박했다며 정중히 거절하고는 집으로 향했다. 집에 도착하자 너무 피곤해 거실에 큰대자로 드러누웠다. 쫑이 가까이 오는 것을 화내어 쫓아 버린다. 온몸이 쑤시고 힘이 하나도 없다. 그렇게 힘든 일을 노파가 거뜬히 해내는 것이 신기할 정도였다.

밤에 자다 몸이 아파 끙끙거린다. 아침에 일어나니 온몸에 몽우리가 져 바늘로 찌르듯이 쑤셔댄다. 어제 어지간히 피곤해 끼니를 걸렀더니 배가 고프다. 용을 쓰며 간신히 몸을 일으킨다. 이 구차스러운 목숨을 연명하려면 뭐라도 요기는 해야 한다. 공연히 노파 앞에서 힘자랑하다가 몸이 말이 아니었다. 노파가 존경스럽다. 그런 일을 하며 남 도움 없이 스스로 살아가는 노파를 보니 나 자신이 한없이 초라해 보인다.

몸이 원래 상태로 겨우 되돌아왔다. 내가 할 수 있는 일이란 과연 무엇인가. 아니, 할 수 있는 일이 있기라도 한가. 먹고 자고 속엣것 비우고 씻고… 노동의 소중함이 새삼스레 떠오른다. 노파 일을 도와줄 수 없는 현실에 화가 난다. 간간이 노파 일을 도와 친구처럼 지낼까 했는데 그것마저 불가능한 무기력한 노인이다.

무의미한 하루하루가 덧없이 이어진다. 이런 식으로 죽는 날까지 살아가야만 하는 한심한 존재의 현실. 꿈도 희망도 없이 지속하는 일상의 흐름.

그때 TV 화면을 통해 병원에 누워 있는 말기 암 환자가 눈길을 끈다. 그는 프랑스인인데 안락사를 허용하는 스위스로 와서 생을 마감하고 있다. 마지막으로 가족들이 보는 앞에서 눈물을 흘리고는 행복했다고, 사랑한다며 아름다운 이별을 고한다. 그리고 남은 이들에게 의미 있는 삶을 권하며 포옹하고 입을 맞춘다. 그는 끝으로 죽음을 기꺼이 기쁘게 받아들인다고 선언한다. 그러고는 당당히 떠났다.

말기 암 환자는 스위스의 한 병원에서 안락사를 수용하며 사랑하는 가족들에게 마지막으로 의미심장한 말을 남겼다. 다들 의미 있는 삶을 살길 바란다고. 이는 어떤 의미인가. 문득 이태석 신부가 떠오른다. 타자를 위한 삶. 어쩌면 나도 죽음이 임박하면 의미 있었던 삶만이 죽음에 대한 공포로부터 위안을 얻을 것만 같다.

아침에 일어나서 세수하고 청소와 빨래를 한 후 밥 먹고 물 한 잔 마신다. 쫑에게 아침을 먹이고 욕실로 데려간다. 플라스틱 대야에 따뜻한 물을 받는다. 욕실 바닥에 쪼그리고 앉아 샤워기로 쫑의 몸을 물로 적신다. 매번 씻는 일이지만 녀석은 목욕할 때마다 몸을 부르르 떤다. 적당한 양의 애견용 샴푸를 손에 부어 녀석의 몸에 발라 부드럽게 문지른다. 꽃향기가 욕실에 싸아, 하고 퍼진다. 녀석의 털이 몸에 착 달라붙어 앙상한 나뭇가지 같다. 샤워기를 틀어 녀석의 몸을 깨끗이 씻어내고 세숫대야 물로 쫑 얼굴을 씻어준다. 손으로 진득한 눈곱도 떼어내며 눈 주위를 씻어낸다. 수건으로 녀석을 대충 닦아주고 드라이기로 젖은 털을 말린다. 녀석을 거실로 내보내고 욕실을 정리하며 청소한다.

피곤이 몰려와 소파에 앉아 한 시간가량 휴식을 취하다 깜빡 잠이 든다. 죽은 아내가 함박웃음을 지으며 오라고 손짓해 따라간다. 계속 아내 곁으로 다가가지만, 그 거리는 좀처럼 좁혀지지 않는다. 기다렸다가 같이 가자고 소리쳤으나 아내는 히죽 웃으며 손을 흔들고는 또 저만치 물러나 있다. 그예 잠에서 깨어난다. 쫑도 자다가 금세 일어난 표정으로 나를 쳐다보고 있다.

은행에 가서 오만 원 권으로 오천만 원을 찾아 집으로 돌아와 목줄을 녀석의 목에 걸고 바깥으로 나온다. 쫑은 오래간만에 외출하는 것이 반가운 듯 꼬리를 살래살래 흔든다. 북방삽 대문이 보이자 가슴이 뛰기 시작한다. 대문 앞에 앉아서 기다리려는데 반쯤 열어진 대문 안으로 노파의 손수레가 마당 한 모퉁이에 대어 져 있다. 때마침 중년 여인네가 나타나 뉘신가요, 하고 묻는다. 폐지 줍는 할머니를 찾는다고 하니, 저쪽으로 돌아서 가보라 한다. 고맙다는 인사를 하고 걸음을 옮긴다.

입구로 보이는 알루미늄 창틀 문을 똑똑 두드리니 아무런 기척이 없다. 손잡이를 돌려보니 잠겨 있는지 열리지 않는다. 계시냐고 하며 두세 번 다시 노크해보지만 조용하다. 내일 다시 찾아올까 어쩔까 생각하고 있는데 안에서 누구냐는 목소리가 약하게 들려온다. 저어… 안녕하세요, 요전에 강아지 사료를 찾아간 노인이라고 말하자 철커덕 문이 열린다.

"아이고 세상에, 그러잖아도 애타게 찾고 있었어요. 그날 고맙기도 하고 또."

자다가 일어났는지 부스스한 얼굴을 내밀고 잠이 덜 깬 목소리로 말한다.

"주무시는데 실례가 되지 않는다면 좀 들어가도 될까요? 긴히 할 얘기가 있어서요."

노파의 말을 자르며 실례를 무릅쓰고 빠른 어조로 묻는다.

"이걸 어쩌나, 누추한데… 그럼, 여기서 잠깐만 기다리세요. 방을 좀 치우고요."

노파는 잠깐 생각하는 듯한 표정을 짓다가 자기 말만 얼른 내뱉고는 실내로 들어가 버린다. 잠시 후 현관문을 열어젖히며 들어오라 하고선 오늘은 감기 기운이 있어 하루 쉬었다고 한다. 나는 현관 입구에서 비닐봉지에서 물휴지를 꺼내어 쫑 발을 깨끗이 닦아내고는 신발을 벗고 안으로 들어갔다. 녀석이 노파를 처음 보고도 짖어대지 않고 즐거운지 노파 가까이에서 꼬리를 흔들어댄다.

들어가자 바로 아담한 부엌 겸 거실이 이어졌고 싱크대는 말끔하게 정돈되어 있다. 부엌을 지나 방으로 들어가니 낡은 장롱과 책상 하나가 유독 눈에 띈다. 노파는 옷장 문을 열고 꽃무늬가 그려진 방석을 내놓으며 앉으라고 권한다. 귀하디 귀한 손님 대우를 받으니 흐뭇한 감정이 밀려든다. 방석에 앉자 노파는 다시 장롱문을 열어 꼬깃꼬깃 해어진 수표 봉투를 꺼내 내게 내민다.

"그 전에… 실은 제가 부탁할 일이 있어서 이렇게 불경을 무릅쓰고 찾아왔어요."

노파는 내민 손을 거두고 아리송한 표정을 지으며 나를 뚫어지게 쳐다본다.

"실은… 저는 이제 얼마 살지 못합니다. 내일 수술을 하기 위해 서울에 있는 병원으로 올라갑니다. 아들이 의사거든요. 무사히 수술을 마치더라도 앞으로 요양병원에서 생활해요. 그래서 요 녀석이 눈에 밟혀 걱정입니다. 마땅히 맡길 곳이 없지 뭡니까. 내 자식 같은 새끼입니다. 그래서 고심 끝에 할멈이 생각난 겁니다. 마누라 죽고 삼 년 동안 줄곧 함께 살아온 녀석이지요. 부탁드립니다."

오천만 원이 든 서류 봉투를 노파 앞으로 내밀며 차분한 말투로 내뱉는다. 노파는 어리둥절한 표정을 지으며 아무 말도 하지 않는다.

"녀석의 병원비며 사료비, 수고비, 장례비 전부를 포함해서 이걸 드립니다. 어쩌면 모자랄 수도 있습니다. 그러면 그때 가서 안락사 하셔도 무방합니다. 녀석도 살 만큼 살았을 터이니까요. 이 녀석을 안심하게 맡길 곳이 이곳밖에 없는 것 같아 이렇게 무례를 무릅쓰고 찾아왔습니다. 제발 부탁드립니다."

나는 꿇어앉아 머리를 숙인다. 놀란 얼굴을 한 노파는 알겠으니 일어나라고 만류한다.

"우리 손녀가 좋아하겠네요. 전에부터 강아지 사달라고 하도 졸라 대더니…."

"손녀하고 같이 사세요?"

"아들과 며느리는 이혼하더니 자식 내버려 두고선 감감무소식이 네요. 지들도 필시 무슨 연유가 있겠지요."

"고생이겠네요."

"내년에 고등학교 졸업하면 손녀도 취직해 돈을 벌겠지요. 지금도 틈틈이 돈을 벌고 있지만 겨우 입에 풀칠할 정도고요."

"아, 네."

쫑에 대해 이러저러한 부탁을 하며 사료와 애완용 샴푸 따위가 든 비닐봉지를 노파에게 내민다. 꿇아떨어져 있는 녀석은 이상할 정도로 편안한 모습을 하고 있다. 안심한 끝에 조용히 일어나 현관 입구에서 노파에게 손을 내밀며 악수를 요청하자 노파가 하얀 웃음을 머금고 손을 내민다.

"건강하시고 행복하세요."

"수술 잘하시고 안녕히 가세요."

노파의 손을 부드럽게 잡으며 마지막 인사를 한 후 밖으로 나온다. 아직 미미하게 남아있는 손의 온기가 자꾸만 내 마음을 뒤흔든다. 불분명하고 야릇한 감정들이다. 가을바람이 옷깃을 스치며 쓸쓸히 지나간다. 집으로 돌아오는 길에 정들었던 학교 운동장을 따스한 눈길로 더듬는다. 인조 잔디는 가을이 깊어가는 데도 변함없이 푸르다.

자살하는 방법에 대해 이리저리 생각해 본다. 동맥을 끊는다? 겁이 나서 이것은 도저히 못 할 것 같다. 옥상에서 뛰어내린다? 만약의 경우 나뭇가지에 걸려 살아난다면 더 곤란하게 될 수도 있다. 목을 맨다? 목맬 때 좀 떨려도 찰나의 순간만 견디면 간단하지만, 자식들이 그 모습을 보고 얼마나 당황해할지 당최 엄두가 나지 않는다. 수면제를 과다 복용한다? 의사에게 잠이 오지 않는다고 처방받아 모으면 되겠지만 시간이 오래 걸리고, 요즘 약은 옛날처럼 치명적이지 않아 살아날 경우가 있다 하고, 부작용도 많다 하니 꺼림칙하다.

식탁에서 유서를 쓴다.

사랑하는 내 자식들아. 너무 슬퍼하지 마라. 언젠가는 떠나야 할 인생, 조금 더 일찍 헤어졌다고 생각하렴. 난 지금까지 별 어려움 없이 건강하게 잘 살아왔단다. 너희들이 태어나서 정말 기뻤고, 걱정 끼치지 않고 잘 살아줘서 참으로 고맙다. 그리고 그 무엇보다도 너희들이 있어서 많이 행복했단다. 여태껏 행복만 누리다가 더는 불행과 마주할 용기가 없을 뿐더러(지금 사는 것 자체가 나에게는 불행이다.), 더 살아야 할 이유가 없어 서둘러 너희들 어미 곁으로 간단다.

마지막으로 너희들에게 부탁한다. 내 전 재산은 지구 저편에서 기아와 질병에 허덕이는 이들을 위해서 유익하게 쓰였으면 좋겠다. 돌이켜 보건대 이날 이때까지 남을 위해 살아본 적이 단 한 번도 없었단다. 더 살아봤자 목숨을 연장하는 그 이상, 이하의 의미도 없어. 마지막으로 뜻있는 일을 하면서 진지하게 삶을 하직하고 싶구나. 그럼, 아버지는 너희들 엄마 곁으로 간다. 안녕.

— 사랑하는 내 자식들에게

좋을 보내고 혼자다. 녀석이 없는 집안이 학교 운동장처럼 휑하게 느껴진다. 녀석은 잘 지내고 있겠지. 착한 노파가 잘 보살펴줄 거라 믿어 의심치 않는다. 부끄러운 일이지만 그 노파를 보고 마음이 잠깐 흔들린 것은 사실이다. 오랜만에 누군가와 함께 다시 한번 살아가고 픈 어설픈 갈망 같은 거였다. 이틀을 물만 먹고 지낸다. 죽은 사람의 배설물이 마음에 켕기기 때문이다.

오늘은 토요일이고 내일이 내 생일이다. 새벽부터 일어나 마지막 샤워를 한다. 어제 집안을 깨끗하게 청소했기에 오늘은 하지 않아도 된다. 오후에 자식들이 도착할 것이니 서두르지 않으면 안 된다. 자식들이 바로 현관문을 열고 들어올 수 있도록 잠금장치를 모두 해제하고 문을 닫아둔다. 들어와서 끔찍한 광경을 보고 많이 놀라지 않았으면 좋겠다. 유서는 잘 보이도록 식탁 위에 올려놓는다.

베란다로 간다. 베란다 창의 롤스크린을 내린다. 그러고는 부엌으로 가 식탁 의자를 가져온다. 의자 위로 조심스럽게 올라간다. 다리가 잠시 후들거린다. 막상 죽으려고 하니 겁이 난다. 하여 도로 의자에서 내려와 버린다. 하지만 곧 고개를 좌우로 흔들어댄다. 아니야. 과감하고 의연하게 실행에 옮기는 거야. 앞으로 계속 살아봤자 구차한 목숨을 연명하는 것에 불과해. 그런 생각 끝에 다시 의자 위로 올라간다. 넥타이를 빨래 건조대에 단단히 묶고는 내 목에 고정한다. 긴장감에 가슴이 떨려온다. 도무지 용기가 나지 않는다. 죽음을 미룰까? 아냐. 마냥 목숨 자체를 연장한다는 건 이제는 의미 없는 일일 뿐이야. 이건 잘하는 짓이야. 내 죽음으로 인해 지구 저편의 그 누군가가 행복해진다면 기쁘고 의미 있는 일이지. 이런 생각을 하며 마음의 평정을 되찾는다. 그 순간, 이태석 신부와 프랑스 말기 암 환자를 떠올리며 재빨리 발로 의자를 무너뜨린다.

　학교 담장의 백일홍 꽃잎이 허공 속으로 일제히 눈부시게 날아오른다. 그리고 저녁노을처럼 하늘을 붉게 물들인다. 저 멀리 등나무를 따스하게 감고 피어난 노을빛 능소화가 활짝 웃고 있다. 운동장 잔디가 햇빛을 받아 반짝거린다.

신월新月
— 다시 환상을 꿈꾸다

그해 여름은 유난히 더웠다. 그 여름날의 여행에 누군가와 동행했었고 그것도 아름다운 동행이었다. 아니지, 풍경이 아름다웠을 수도 있겠다. 여하튼 지금까지 살아오면서 내가 기억하는 한 그토록 가슴을 때린 적은 없었다.

내 생애에서 그런 유의 눈빛과 낯빛을 본 것은 처음이었다. 이는 내 상상 속의 기억일 수도 있으며, 어쩌면 내가 그렇게 믿고 싶었다는 게 더 정확한 표현일는지도 모른다. 암튼 나는 너에게서 풍기는 알 수 없는 무게감 같은 그 무엇을 경험하면서 너와 동행했었다. 지상에 남아있는 것들과 엄숙히 결별하며 네 생을 마무리하고 있다는 느낌, 숭고미랄까? 존엄성? 경건? 그 어떤 단어들도 여기에 어울리지 않을 것 같다.

너는 독일 라인강을 바라보며 눈물을 흘렸다. 나는, 네가 더 크게 울어버릴 것만 같기에, 왜 우느냐고 물어보지 못했다. 근데 너는 풍경이 아름다워 저절로 눈물이 나온다며 마치 내 맘속을 들여다보고 있는 듯이 말했다. 생의 마지막 여행을 감행한 너. 태곳적 신화에서나 존재했을 것 같은 미묘한 우울감을 가슴 저 밑바닥에 간직한 듯한 너의 표정이 나를 붙들고 놔주지 않았다. 아주 아주 오래전, 선사시대 때 제물로 바쳐진 여자 얼굴이 저런 형상이었을까 싶은 너의 새하얀 얼굴빛.

네가 눈물을 보이는 그때, 강물 따라 무작정 흘러가고 있는 구름 사이로 쌍무지개가 거대한 허공에 두 개의 반원을 그리고 있었다. 라인강에서 쌍무지개를 보면 행운이 찾아온다는 여행사 가이드 말에 나도 모르게 원인을 알 수 없으나 가슴이 두근거렸다.

『독일인의 사랑』에 나오는 구절처럼, 온 세상은 우리의 것이라고, 생각한 적은 추호도 없었다. 어릴 적부터 영어에 호기심이 많았다. 왠지 그 글을 익히고 나면 머나먼 미지의 세계에 갈 수도 있다는 근거 없는 믿음이 자꾸만 나를 부추겼다. 이는 막연한 환상을 꿈꾸는 일일 수도 있겠고, 또 한편으로는 현실도피일 수도 있겠다. 그런 덕택으로 나는 영어 왕이란 칭호까지 부여받았다. 내가 왕이라니 가당찮았다. 피붙이 하나 본 적 없는 나로서는 그건 정말 어처구니없는 별명이었고 나랑 썩 어울리지도 않았다.

나에게는 또 하나의 닉네임이 있었다. 이번에는 나와도 무척이나 어울리는 듯했다. 벌레라는 이름이 붙여졌다. 벌레라고? 왠지 그럴 듯해서 기분이 그런대로 괜찮았다. 나에게 쏙 들어맞는 단어인 벌레, 책벌레였다. 이 별명은 내가 살아오면서 이 세계가, 저 위대한 신이 나에게 부여한 임무 중 가장 막중하고 적절했음을 주제넘게 고백한다. 책을 파먹는 벌레, 그것도 좀 벌레, 좀비 같은 나의 삶, 이 얼마나 멋진 조합인가.

내가 뭐 독서를 유독 즐겼다고 말할 수는 없고 단지 외로웠기도 했지만, 누군가에게 입양되면 멋있는 녀석이라고 생각하게끔 하기 위한 하나의 수단에 불과했을 뿐이었는지도. 이 역시 아득한 환상을 꿈꾸는 일일 것이다. 해서 책과 친분을 쌓기로 했다. 또 이와는 별개로 내가 인간이 아닌 책과 정을 쌓은 이유는 간단하다. 인간과의 교류는 상대에서 요구하는 걸 다 감당해내기가 힘에 겨웠기에. 다시 말하자면, 인간의 종이란 본디 태어날 때부터 손익계산의 유전인자를 소유하고 있기에 나에게는 좀 버거웠다는 게 솔직한 심정이었다.

그런 연유로 난 영어와 국어 점수는 늘 상위권이었으나 다른 과목은 거의 하위권일 정도로 점수 편차가 심했다. 고아원(지금의 보육원) 아이들이 한둘씩 사라졌다. 어떤 미래가 다가올지 모르면서도 그들은 기뻐했다. 꿈일지도 몰랐다. 설령 그게 꿈일지라도 꿈을 꿀 수 있다는 것만으로도 그들은 충분했을 것이다.

스위스, 이 말은 지금까지도 듣기만 해도 스위트란 단어가 저절로 떠오른다. 이 글자는 달콤하고 향기로운 꽃냄새를 풍기는 듯한 상큼한 기대감에 부풀어 오르게 한다. 내가 상상한 대로 성인이 되어 실제로 스위스에 가보니 집집이 테라스에 빨간 제라늄이 앙증맞고 탐스럽게 얼굴을 내밀고 있었다.

어릴 적 나는, 스위스로 입양 가는 친구 녀석을 질투한 적이 있었다. 그날 선택자에게 뽑히기 위해 정성껏 때를 벗기고 몸을 씻고 머리를 감고 빗어댔다. 하지만 나에게는 그러한 기회가 주어지지 않았다. 마치 그 친구가 나 대신 낙점 받았다는 이유 같잖은 이유를 들이대며 화가 난 나머지, 마지막 식사 때 그 친구 몰래 국그릇에 침을 뱉었다. 양친이 될 사람의 손을 잡고 웃음을 머금고 손을 흔들며 떠나는 친구의 모습이 지금도 눈에 선하다.

그러나 그 사건은, 뭐 사건이라고 할 것도 없지만, 세월이 흘러가도 눈곱만큼도 죄의식을 가져본 적이 없었다. 그 이유는 내 것을, 내 입양 기회를 그가 빼앗았다는 말도 안 되는 확신 때문이다. 그 친구는 입양되어 간 후에도 끈질기게 나에게 연락을 해왔다. 손편지, 워드로 친 편지, 메일 등등. 하지만 난 녀석과는 반대로 마지못해 답장을 보내는 둥 마는 둥 시큰둥했었다. 그리고는 때때로 그 친구 녀석을 떠올리며 한 번도 가보지 못한 나라, 스위스를 상상하며 흠모하곤 했다. 언제부터인가 나는 더는 간택인으로부터 선택되기를 기다리지 않게 되었다.

생이란 참으로 묘한 구석이 있다. 우연이라 하기에도 뭐하고 그렇다고 꿈이라고 하기에도 좀 그렇지만, 어느 날부터 난 스위스를 내 집처럼 드나들고 있었다. 이는 내가 스위스에 의교관으로 근무하는 것도 아니고, 그렇다고 대기업에 취직해서 해외파견 근무하는 것은 더더욱 아니었다.

느닷없이 기이한 현상이 일어났다. 가이드의 설명이 한동안 이어지고 있는 가운데 목가적인 풍경과 고즈넉한 마을, 스테인드글라스, 첨탑들이 간간이 두서없이 떠올랐다. 그리고 중세시대에서나 볼 수 있는 성곽과 함께. 신기하게도 라인강을 따라 솟아있는 성채를 보는 그 순간, 아득히 먼 중세시대의 시간대로 바뀌면서 너와 나는 한 몸이 되어있었다. 그러자 타임머신을 타고 곧바로 환상의 여행이 시작되었다. 공주를 수호하는 늠름한 기사인 나는, 위급한 상황에서 공주인 너의 손을 잡고 다급히 피신하는 그림이 어렴풋이 보이다가 이내 사라졌다. 근데 놀랍게도 그날 밤 너는 내 호텔 방문을 노크하며 잠이 오지 않는다고 말했다. 우리는 누가 먼저랄 것도 없이 서로의 몸을 탐하기 시작했다.

아까 끊어진 기묘한 그림이 다시 이어졌다. 까마득한 중세시대, 우리는 죽음을 목전에 두고 위험한 동행을 꿈꾸었다. 왕좌를 노리는

악의 무리가 들이닥치자, 재빨리 너는 시녀로 둔갑하고 난 하인의 옷으로 갈아입었다. 우리는 성의 탈출을 시도하며 라인강을 따라 정신없이 도피를 감행했다. 목적지도 없고, 무리한 계획조차 세우지 않고 가다가 피곤하면 나무 그늘 밑에 숨어서 휴식을 취하며, 배고프면 포도를 따 먹으며 그렇게 끝도 보이지 않는 도피의 순례길에 올라탔다. 생이란 이따금 도저히 설명할 수 없는 일들의 연속이다. 죽음이 임박할지라도 그것으로 충분했던 나날들. 그 무엇으로 해명할 수 없는 명분 없고, 철없고, 무모한 동행이었다. 칠흑 같은 어둠이 깔린 가운데 쏟아지는 밤하늘의 반짝이는 별들. 우리는 마치 우주의 질서에 부응이라도 하듯 몸을 합쳤다. 삶이란 가끔 그렇게 아름다울 수도 있는 것일까. 밀러의 글처럼 온 세계는 우리의 것이었다.

사실 로렐라이 언덕은 세계 3대 허무 관광지에 끼기도 하는데 관광지라고는 뭐 하지만, 말 그대로 그냥 바위 언덕입니다. 막상 가게 되면 실망할 수도 있다는 가이드의 말이 이명처럼 들렸다. 하지만 라인강을 따라 끝없는 낭만에 젖어 든 나는, 별안간 이상한 두근거림이 엄습해 오면서 급기야 로렐라이 언덕에 이르렀다. 이와 동시에 이해할 수 없는 야릇한 그림이 또다시 내 앞에 아른거리며 펼쳐졌다. 아마 꿈을 꾸고 있었는지도. 아니 어쩌면 환상일 수도. 행색이 초라한 공주와 기사의 무모한 도피의 여정. 애정의 행각인지, 피할 수 없는 운명인지는 몰라도 이젠 두 사람의 몸과 마음이 지칠 대로 지쳤다. 무지개처럼 빛나던 신비로운 공주의 모습은 신기루에 불과했다. 사랑의 열정도, 애틋함도 궁핍함이 아닌 어느 정도의 구차함을 떨쳐버릴 만한 안정적 여유가 전제임을 절감했다. 그러다가 어느 순간 모호한 그림이 눈앞에서 뚝 끊겼다.

또다시 가이드의 말이 길게 이어졌다.

'한국에서 널리 알려진 독일민요인 로렐라이 언덕은 로렐라이라는 처녀가 실연하여 라인강에 몸을 던진 후 반인반조半人半鳥의 바다 요정이 되었다는 전설이 얽혀 있습니다. 뱃사공이 요정의 아름다운 노랫소리에 취해 넋을 잃은 채 그녀의 모습을 바라보고 있는 동안에 배가 암초에 부딪혀서 난파한다는 브렌타노 소설의 줄거리인데, 이것이 시인들의 서정시로 이어지면서 전설적인 내용이 되었어요.'

옛날부터 전해 오는 쓸쓸한 이 말이
가슴속에 그립게도 끝없이 떠오른다

너는 라인강을 바라보며 이 노래를 흥얼거렸다. 나도 함께 <로렐라이 언덕>을 부른다. 우리의 노랫가락이 라인강을 적시며 잔잔히 흘러갔다. 학교에서 배운 이 노래가 내 맘을 끌었는데 난 로렐라이란 그 요정이 맘에 들었다.

"안데르센 동화에 나오는 비련의 인어공주보다 카리스마 넘치는 복수에 찬 이 요정이야말로 더 인간적이지 않을까 싶어요."

노래를 끝까지 부르고 난 후 문득 반인반어半人半魚의 인어가 생각나 내가 너에게 뜬금없이 말했다.

"왜 그렇게 생각해요?"

"라인강 요정은 인간의 저 깊은 내면의 솔직함의 밑바닥을 단적으로 표현했기 때문이지요. 안데르센 인어는 사랑하는 왕자를 죽일 수 없어 왕자 결혼식 전날에 스스로 바다에 몸을 던지고는, 두 사람을 축복하며 불멸의 영혼을 얻어 승천한다는 그것보다야 로렐라이라는 처녀가 신의 없는 연인에게 절망하여 바다에 몸을 던진 후 아름다운 목소리로 뱃사람을 유혹하여 조난시킨다는 게 더 현실적이지 않나요?"

내가 너에게 이렇게 역설적으로 말하자 너는 무언의 동의를 한 것 같다. 그렇다면 중세의 그 성에서 탈출해 끝없는 도피행의 결말 중 너는 어느 쪽의 사랑인가 하고 너에게 묻고 싶었으나 네가 나를 이상한 사람으로 여길까 봐 말을 못 했다. 아마도 로렐라이 쪽이 아닐까 생각한다. 왜냐면, 내가 이런 꼴로 살아가는 데는 너의 원한이 아직도 허공에 떠돌고 있기 때문이라고 이유 같잖은 핑계를 대어본다.

뇌종양, 유치원 여교사, 미혼의 너는 내가 개설한 이 블로그(스위스안락사에 대한 조력)에 들어와 쪽지를 보내며 자세하게 물었다. 난 너에게 '디그니타스'라는 전문병원과 여기서 안락사를 받기 위한 가입 절차를 설명했다. 디그니타스의 회원이 되려건 몸 상태와 가족관계 등등의 서류를 보내 최종 승인을 받아야 하며 가입비, 장례비 등의 모든 비용에 관해서도 말했다. 물론 동행자에 대한 착수금까지도.

  놀랍게도 너는 생각할 시간조차 필요치 않다는 듯이 시원하게 승낙했다. 보통 의뢰인들은 심사숙고한 끝에 결정을 내리는데, 나는 적이 당황스러웠다. 게다가 우연이라 예감이라 하기에도 뭐한 묘한 느낌이 다가옴과 동시에, 너는 죽기 전 며칠만이라도 스위스와 독일 여행에 동행해 달라고 나에게 요구했다. 물론 거기에 드는 경비 일체를 지불하고 수고비도 더 주겠다는 제안이었다. 엉뚱한 제안이지만 생각해 보니 마땅히 거절할 이유가 없어 받아들였다. 처음에는 둘이서만 여행하는 의견을 교환하다가 생판 모르는 남녀가 돌아다니는 것도 어색하고, 비용도 만만찮고, 또 거리가 멀기에 시간이 걸리는 등 불편한 점이 많아 우리는 그냥 여행사의 패키지 상품 하나를 선택했다. 우리의 위험한 동행은 그렇게 시작되었다.

  뮌헨이다. 전혜린의 글이 떠올랐다. 예술인들은 굶다시피 살면서도 오만과 자긍심을 잃지 않고 살아가는 자유로움이 가득한 슈바빙이란 곳, 우수에 잠긴 거리, 레몬 빛 가스등.

우리는 점심 식사 후 카페에서 커피를 마시고 있었다. 의자에 앉아 창을 통해 밖을 내다봤다. 하늘을 찌를 듯이 솟아있는 푸르른 포플러의 긴 행렬을 물끄러미 쳐다보며 내가 너에게 이런 말을 건넸다.

"세계적으로 '디그니타스' 병원을 압도적으로 많이 찾는 국민이 독일이래요."

"이유가 뭘까요?"

"아마 독일인은 삶에 대한 진지한 성찰을 많이 해서일 겁니다."

내 대답에 네가 침묵했기에 내가 또 덧붙인다.

"그러기에 독일은 일찍이 철학이 발달했고요."

그제야 너는 수긍하는지 고개를 끄덕였다.

"전혜린에 의하면, 레오폴드 가에 있는 카페는 토론의 열기로 가득했다는데, 아쉽게도 그런 분위기가 느껴지지 않네요."

네가 실내를 두리번거리며 실망스럽다는 듯이 말했다.

"그러게요. 여기도 세상이 변하듯 변했나 봅니다."

한때는 우수와 낭만과 고독으로 점철된 회색 거리였건만 세월과 함께 퇴색해버린 진실이 가을날의 나뭇잎처럼 우수수 떨어져 내렸다. 시대가 변해서일까, 아니면 나의 과도한 상상력 때문인가는 모르겠으나, 전혜린이 느꼈던 그 잿빛 우수는 중세의 이야기처럼 아득했다.

"전혜린은 왜 자살했을까요? 바보같이."

내가 너에게 물었다.

"그걸 이해 못 하면서 어떻게 이런 일을 해요?"

"경우가 다르죠. 육체적 고통과는…."

나는 뒷말을 흐린다.

"정신적 고통이 때론 더 처절할 때가 있는 법이죠. 더구나 그게 짝사랑일 때는. 내가 알기론 디그니타스에서 정신적인 병도 안락사를 허용하는 방안을 검토하고 있는 것 같은데요."

너의 말을 들은 나는 아차 싶었다. 하긴 육체보다 정신의 영역이 우위인데 그게 망가지면 인간의 존재 이유가 사라지고 만다는 건 자명한 이치다.

"2년째 대학을 졸업하고 어린이집에 취직해서 먹는 것도 아껴가며 미친 듯이 돈을 모았더랬어요. 빨리 모아 남들처럼 여행도 하고, 연애도 하고, 결혼하고, 아이 낳고 그런 평범한 꿈을 꾸면서 말입니다. 십 년 지나니 모든 게 물거품이 되더군요. 돈도 아무 소용없다는 걸 그때 깨달았지요."

나는 너의 말을 듣고 젊은 날 난 대체 무엇을 했는가 싶었다.

차 안에서 가이드는 불꽃 같은 여자, 전혜린어 관해 말했다. 난 그때 무슨 이유인지는 몰라도 너의 검은 눈과 전혜린의 검은 눈이 포개지면서 서른한 살에 생을 마감한, 마감할 두 여자를 발견하고는 머릿속이 하얗게 탈색되었다. 네가 입고 있는 검은 옷이 6~70년 전에 입었던 천재의 여인 옷과 겹쳐지고는 급기야 내 생각의 잔가지들이 두려운 듯 무질서하게 얽히면서 손에 잡히지 않는 곳으로 길게 뻗어나 갔다. 그러자 갑자기 너는 오심으로 인한 심한 두통을 호소하면서 의사에게 처방받아온 약을 단번에 입속으로 털어 넣었다. 마음이 착잡한 나는 왜 그때 뜬금없이 전혜린이 수면제를 복용하는 모습을 상상했을까. 너도 불꽃녀처럼 죽음이 임박해 왔기 때문인가. 할 수 있다면 너의 죽음을 얼마간이라도 유예하고 싶은 이 심정은 또 어떤 맥락으로 이해해야 하나.

나는 억지로라도 이런 이유를 달고 싶었다. 우리의 인연은 현재, 중세, 고대를 넘어 이미 태곳적부터 쌓아온 관계이기에 너무나 당연하다고. 그리고 밤하늘의 무수한 별들이 쏟아질 듯 반짝이는 동행들이 우리에게는 존재했으니깐.

성인이 된 그 친구 녀석이 어느 날, 보고 싶으니 스위스로 한번 와달라고 간곡히 부탁했다. 모든 경비는 일절 친구가 대겠다며. 뭐 생각해 보니 마땅한 직업도 없고 늘 빈둥거리다가 카페에서 아르바이트하고 있었기에 거절할 이유가 없어 승낙했다.

근데 친구 녀석을 만나고부터 지금껏 내가 품고 있었던 입양에 대한 기대감이 한꺼번에 무너져 내렸다. 허무와 슬픔으로 가득 찬 녀석의 표정과 표백한 흰 손수건 같은 허연 안색이 지금도 잊히지 않는다. 난 녀석이 행복한 입양 생활을 영위하고 있는 줄로만 알았는데 실은 그게 아니었다.

"나 살 수 있는 날이 얼마 남지 않았어."

"그게 무슨 뜻이니?"

"말 그대로야. 백혈병이래."

"뭐라고? 진짜야? 수술은? 치료는?"

"다 소용없대."

"네 양부모와 형제들은 알아?"

"응."

"뭐래? 가책이라도 느껴?"

"이 마당에 그게 다 무슨 의미가 있겠어."

"그래도…. 근데 요즘은 의학이 발달해 치사율을 낮추고 10년 이상 생존하는 예도 있는 것 같은데."

"그건 만성의 경우고 난 급성이라 어려워."

"그럼 어떻게 해야 하지?"

"너 '디그니타스'라는 전문병원 들어봤어?"

"그게 뭔데?"

"안락사해 주는 병원이야."

"너, 설마?"

"그래, 난 이것으로 생을 깨끗하게 끝내고 싶어. 어차피 완치는 불가능이고 그 무엇보다도 이 고통을 참아내는 게 너무 힘들어. 이제 더는 구차하게 생명을 연장하고 싶지가 않아."

"너, 미쳤어?"

"스위스는 안락사가 합법이지. 죽기 전에 너를 꼭 만나보고 싶었어. 한국이 그리웠고 또 내가 아는 이는 네가 유일하니깐."

"왜 이제 말하니? 왜 빨리 한국으로 돌아오지 않았어?"

"한국으로 가면 뭐가 바뀌는데? 어릴 때는 방법을 몰랐고 성인이 되었을 때는 자신이 없었어. 그렇담 너에게 한번 물어보자. 넌 한국에서 행복했니? 너의 편지에는 늘 불만으로 가득했어. 내가 잘못 읽은 거야?"

나는 친구의 물음에 답을 줄 수 없었다.

디그니타스에서 운영하는 병원에 누워 생을 마감한 녀석의 창백한 모습을 떠올릴 때면 온몸에 힘이 쫙 빠져버린다. 강바닥에 안간힘으로 붙어있는 물풀이 느닷없는 폭우로 인해 맥없이 떠내려가듯 그 모든 것을 놓아버린 친구의 모습에 화가 난 나머지, 그를 떠나보내며 소리 지른 일을 생각하니 지금도 후회가 막심하다. 녀석이 삶을 하직하는 날, 양부모와 형제들에게 침을 뱉고 싶은 걸 억지로 참아냈는데, 친구가 그들을 용서하는 태도를 보이니 그들에 대한 증오감이 더 타올랐다.

녀석은 형제들과의 불협화음, 양부모의 무관심과 폭언 등 이루 말할 수 없는 고통을 감내하며 하루하루를 버티며 살아왔다고 나에게 고백했었다. 해서 친구는 결국 병에 걸리고야 말았던 걸까? 친구는 간간이 행복에 겨운 가족사진을 보내왔는데 아직도 의문으로 남는다. 나에게 말해봤자 별 방법이 없다는 걸 알았기 때문인가. 아님, 내가 가슴 아파할 것을 걱정해서일까? 똑같은 고통이라도 타국보다야 고국에서 겪는 게 훨씬 나았을 거라는 생각이 들자 가슴이 미어지는 것 같았다. 만일 그때 친구가 아닌 내가 입양되어 갔더라면 고스란히 내가 겪었을 것을 상상하니 눈앞이 캄캄하다. 녀석을 질투한 것, 침을 뱉은 것, 그동안 따뜻한 편지를 건네지 않았던 점들에 대한 죄책감이 밀물처럼 밀려들었다.

관광버스는 독일에서 스위스를 향해 달렸다.
해질녘쯤 호텔에 짐을 풀고 저녁을 먹기 전 잠깐 자유시간이라 너와 나는 루체른 호수 주위를 산책했다. 시퍼런 물속에 자신의 몸을 완전히 드러낸 푸른 산. 그 모습에 반해 풍덩 몸이라도 던지고 싶은 신화를 잉태하며 간직한 시린 호수.
그날이 보름이었던가? 식사를 끝내고 우리는 다시 밖으로 나왔다. 호면에 떠 있는 보름달 정경이 경이감을 불러일으켰다.
"그거 알아요? 베토벤의 월광 소나타가 여기서 탄생했다는 것을요."

너는 호수의 검은 물속으로 빠져버린 둥근달을 보며 한동안 넋 놓고 감상에 젖은 채 이런 말을 내뱉었다.

"아, 그런가요? 금시초문인데요."

나는 달빛을 받아 더욱 빛나는 호수를 바라보며 자못 놀랐다.

"호면에 비친 그 신비한 빛의 월광 소나타는 독일의 음악평론가이자 시인이 마치 루체른 호수에 비친 달빛이 떠오르는 것 같다고 비유한 데서 연유한 것이래요. 결국, 베토벤이 호수를 방문한 적이 없었는데도 사랑하는 제자에게 바쳤던 상상의 달빛선율이 되어버린 셈이죠. 그래서인지 그 여인에게 외면당한 베토벤 운명이 더욱더 안타까워요."

"정말 놀랍네요."

나는 그 사실에 야릇한 흥분이 일었다. 때마침 내 옆에서 밤 산책 나온 가이드가 루체른 호수에 관해 설명한다.

"중세기부터 서서히 호수의 수위가 올라간 원인은 태풍으로 호수에서 물이 흘러나오는 게 막힌 것이라 하는 이도 있고, 주변의 중세 마을이 발전함에 따라 수차를 움직이는 댐 건설 때문이라는 이들도 있습니다. 이곳에서 레오데가르 수도원의 유물이 뒤늦게 발견되었답니다."

그와 동시에 불쑥 내 환상의 타임머신은 중세시대를 거쳐 드디어 기원전 청동기 시대로 거슬러 올라갔다. 8세기까지 가라앉아 있던

이 마을은 또다시 청동의 부활을 꿈꾸며 역사의 공백을 메우며 수면 위로 모습을 드러냈다. 신비로운 비밀이 잠자다 깨어난 신화 같은 이야기다. 또다시 꿈을, 환상을 꾼다. 우리는 신부와 수녀였다. 순교의 길을 걷다 금기의 벽을 깨뜨린 너와 나의 일탈. 물론 그것 역시 공주와 기사의 경우처럼 행복으로 시작해서 불행으로 끝났지만. 어쩌면 우리는 청동기 시대보다 훨씬 이전인 아니 역사가 시작되기 오래전부터 신화 속에서나 존재하는 커플이었는지도 모를 일이다.

우리가 여행하면서 알게 모르게 모난 내 성격이 툭툭 불거져 나온 적이 이따금 있었다. 예를 들자면 시간약속이 틀려 여행객들을 많이 기다리게 한다거나, 쓸데없는 약을 사라고 은근히 강요한다거나 할 때 나는 필요 이상으로 가이드에게 화를 낸 적이 많았다. 그래서 루체른 호수를 바라보며 내가 너에게 말했다.

"당신이 나에 대해 모르는 점이 하나 있어요. 나 엄청 자존심이 강해요. 내 화의 근원을 따져 들어가면 아마도 그 지점에 닿을 겁니다."

네가 말했다.

"당신과 나의 차이점이 무언지 아세요? 말해줘요? 우린 둘 다 트라우마가 있지만 난 그걸 극복한 사람이지만 당신은 아직도 증오심이 불타올라 과거에 얽매여 벗어나지 못하고 있다는 겁니다. 당신은 그게 자존심이라 강조하지만 내가 보기엔 콤플렉스 덩어리로 보여요. 언젠가 그게 나처럼 암 덩어리로 바뀔지도 모르는 일이죠."

너의 눈은 정확했다.

"그래 나도 알아. 넌 죽음의 두려움조차도 극복했지만, 난 아직도 나를 버린 내 부모를 증오해. 근데 너 이거 알아? 이 감정마저 없으면 내 삶은 너무나 무의미하고 시시해져 살아갈 의무감마저 사라지고 말아."

나는 맘속으로 같은 말을 되풀이했다.

내가 자살 동행의 조력자로서 인터넷을 개설한 이유는, 뭐 인간의 무력한 삶 연장에 대한 자기 결정권을 존중한다거나, 사람은 인간답게 살 권리가 보장되어야 한다는 등의 거창한 차원에서 시작한 건 아니다. 그건 오로지 한 젊은이가 먹고살기 위한 하나의 일시적인 생계형 방편에 불과했다. 한데 그게 하다 보니 아이러니하게도 전혀 딴 방향성을 갖게 되었고 의미 있는 일로 바뀌었다. 아니 이와는 별개로 어쩌면 자살 조력 동기의 그 깊은 내면에는 친구 녀석을 그런 식으로 떠나보내고 그에게 용서를 구하고 싶은 이유에서일는지도 모르겠다.

중년이 훨씬 넘은 나이에 암에 걸린 늙은 여자와의 동행이 있었다.

"고아원을 나와 정착금으로 동거를 시작했는데 자식이 문제였어. 아니 가난이 문제였지. 임신만 되지 않았다면 애 아빠가 그런 유혹에 빠져들지 않았을 텐데. 그러면 살해되지도 않았을 테지. 그래도 내

인생에 가장 행복했던 때가 애 아빠가 죽기 전 임신했을 때였어. 온 세상을 다 가진 것 같았고 조금도 두렵지가 않았지. 하지만 이 세상에 홀로 남겨진 나는 살아가는 것이 막막하여 고아원 문 앞에 애를 놓고 왔어. 돈을 모으면 언젠가는 꼭 데리러 오겠다고 작정했지만 내 생활은 조금도 나아지지 않았지. 생각해 보니 그래도 고아원에 있을 때가 가장 풍요로웠어. 적어도 먹고사는 걱정은 없었거든. 모은 돈을 떼이고, 사기당하고 평생 빈곤에서 허덕였어. 그러다가 좀 살만하다 싶으니 난소암이라더군. 이런 꼴로 자식 찾아 뭐하나 싶더군."

"아이 이름이 뭐였어요?"

"이미안. 미안하다고 그냥 내가 지었어."

"버린 고아원 명을 알아요?"

"천사 고아원. 근데 그건 왜 물어?"

"뭐 그냥요."

어느 날, 외국으로 입양 간 한 남성과 친엄마가 부둥켜안고 우는 모습을 티브이에서 보았다. 유원지에서 아이를 잃어버린 후로 눈물로 세월을 보냈다는 그 기막힌 사연의 울부짖음. 저 주인공은 바로 나였어야만 했다. 그 남성은 미국 양부모 밑에서 호강하며 자란 태가 역력했다. 부러웠다. 왜 나에게는 그런 기회가 주어지지 않는 걸까? 찾으려고 마음만 먹으면 얼마든지 찾을 수 있다. 내 부모는 나 같은 건 아예 잊고 사는가보다 싶었다. 보이지 않는 밑바닥에서 주체할 수 없는 증오와 분노가 끓어올랐다. 루체른 호수를 바라보며 네가 한 말이 진실임을 이제야 수긍한다.

'그래 난 콤플렉스를 아직도 극복하지 못했음을 인정해. 근데 너 그거 알아? 나도 말이야, 그 정도의 상식은 갖고 있어. 네가 알고 있는 게 다가 아니라는 걸 알기나 해? 함부로 말하지 마, 나도 너 정도면 그렇게 폼나게 말할 수 있거든. 아마 내 존재의 근원은 저 중세시대로 거슬러 올라간 그때부터, 아니 8세기에도, 아니지 그보다 훨씬 이전인 청동기 시대부터 시작된 열등의식에 사로잡힌 존재였을지도 모르지. 그렇게 내 영혼은 악마보다 더 끈질기거든.'

나는 속으로 꿀꺽 삼킨다.

중년의 그분은 마치 내가 친아들 같다고 말했듯이 나 역시 기이하게도 그분이 친엄마 같은 기시감이 일었던 게 사실이었다. 만날 사람은 기어이 만나고야 마는구나. 너와 내가 만난 것처럼.

"젊은이! 미안하지만 내 부탁 하나 들어줄래요?"

"무엇인데요?"

"나보고 엄마라고 한번 불러줄래요? 이상하게 젊은이가 꼭 내 아들 같아서 하는 말입니다. 아! 내가 너무 쓸데없는 말을 했지요? 죽을 때가 다 되어서 그런지 주책이 넘치네, 쯧쯧."

"아뇨. 어렵지 않아요. 해드리죠, 뭐."

내가 그분을 보고 엄마라고 부르자 그분은 나를 부둥켜안고 눈물을 쏟아냈다. 우리는 한참 땅이 꺼질 듯이 흐느끼며 연기가 아닌 진짜 모자지간처럼 슬픔에 휩싸였다. 40년간 터뜨렸던 울음을 다 합쳐도 이렇게 많은 양의 눈물을 방출해내지 못했을 것이다.

"미안아! 정말 미안하다. 이 어미를 용서해다오."

그분의 입에서 이 말이 나오는 그 순간, 40년 동안 쌓아온 증오감이 갑자기 생명력을 잃은 듯 걸레처럼 너덜너덜해졌다. 내 성이 이씨이므로 혹시 내 이름이 미안일 수도 있지 않을까. 놀림의 대상이 될 수 있기에 원장이 이름을 바꾸었을 수도 있지 않은가. 좀 억지 상상일까. 내가 자란 고아원은 천사 고아원이 아니고 천당 고아원이다. 설령 그렇다고 할지라도 정말 기막힌 인연이 아닌가. 혹시 그동안 그분의 기억력에 어떤 손상이 오지는 않았을까? 그럴지도 모른다. 결국, 그분은 내 손을 꼭 잡고 이번 생애를 마감했다. 이는 삼류소설도 아니고 실제로 내가 겪었던 일이다. 아니지 어쩜 환상을 꿈꾸고, 그렇게 믿고 싶었는지도.

내가 그분에게 이런 유의 사실을 끝까지 숨겼던 이유는 다름 아닌 그분에게 절망감을 주지 않기 위해서였음을 솔직히 고백한다. 내가 이런 직업이 아닌 좀 더 번듯한 직업이라도 가졌었다면 세상을 하직하는 마당에 그분은 편안히 눈을 감을 수 있었지 않았을까 하는 바람이다. 복수심이 아니니 그런 저를 부디 용서해 주길 바란다.

　자살조력자인 나. 스위스의 평범한 아파트에서 네 죽음을 지켜보는 나는 오히려 담담한 심정이었다. 너 또한 기꺼이 세상을 하직할 준비가 된 듯 의연하게 의사가 처방해준 그 약을 들이마셨다. 그 순간, 아득한 옛날부터 지금까지 우리의 인연이 눈앞에서 잠시 어른거리다가 사라졌다. 슬픔과 눈물은 금기다. 난 웃으면서 너를 떠나보냈다. 자살의 과정을 세세하게 비디오로 촬영되고 있기에 조심스럽기도 하지만, 그 무엇보다 운다는 것은 너에 대한 예의가 아닌 것 같아 울지 않았다. 나는 맘을 단단히 먹고는 파리한 너의 손을 잡고 희망의 위로와 희미한 미소를 너에게 보냈다. 이로써 우리 삶의 마지막 자살 여행은 비로소 막을 내렸다. 약물을 먹기 전 네가 혈육에게 전해달라며 건네준 유서를 받아들고는, 이번 생의 우리 인연은 여기서 이렇게 끝나는가 싶어 마음이 착잡했다.

　그분의 죽음은 디그니타스에서 운영하는 병원도 아닌, 아파트도 아닌 예쁜 꽃밭이 있는 개인 주택에서 이루어졌다. 치사약은 환자가 직접 복용해야 하므로 그분은 내 손을 꼭 잡고는 고맙다는 말을 남기며 약을 입안으로 넣었다. 마지막 순간까지 모든 여정의 동반자인 나는 너의 경우와는 다르게 그만, 울어버렸다. 이건 어쩌면 내 어머니

일 수도 있는 그분에 대한 마지막 배려일지도. 그분의 화장을 끝내고 나니 오히려 맘이 홀가분했다. 결국에는 그분의 장례 일체를 본의 아니게 처음부터 최후까지 내가 도맡아 했다. 마치 친자식처럼. 아니 어쩜 친자식일지도 모르지. 그분이 기억의 오류가 아니었다면. 아니지, 내가 그렇게 믿고 싶었다는 게 더 진실일 수도 있겠다.

네 유서를 보낸 후 어느 날 혈육들이 나를 불법으로 검찰에 고발하고야 말았다. 어차피 산다는 건 피투성이 진흙탕 싸움에 불과하기에 오히려 담담했다. 1심에서 검사가 징역 6년을 구형하니 판사가 징역 2년을 선고했다. 2심에서는 검사가 1심과 똑같이 징역 6년을 구형했는데 2심 재판장이 안락사의 조력에 반성하지 않는 괘씸죄로 징역 1년을 더 얹어 징역 3년을 선고했다. 웃음이 픽 터졌다. 직접 살인한 것도 아닌데 말리지 않고 동행했다는 이유였다. 방조하여 자살하게 만든 나. 아니 적극적으로 자살을 도운 죄.

1심 재판에서 나는 판사에게 이런 말을 했다.

"그 동행은 어떠한 처방도 효력 없는 환자들이 참아내야만 하는 극심한 고통을 줄이기 위한 마지막 자비심이었어요. 모름지기 인간은 어느 지점에서는 어떤 방식으로든지 자신의 삶을 끝낼 것인가를 결정할 권리가 있는 법이지요. 선택할 수 있는 최선책은 다 각자의 몫입니다. 저는 스스로 결정할 수 있도록 그들을 도와준 것밖에 없어요. 이게 죄가 되나요? 그리고 전 환자에게 어떠한 개입도, 강요도 한 적이 없습니다."

2심 재판에서 형을 확정 짓기 전에 마지막으로 할 말 없는가 하고 판사가 내게 물었던 것 같다. 물었던 내용이 정확하게 기억나지 않지만, 띄엄띄엄 답변이 떠오른다.

"대부분의 판검사님은 얼마나 깨끗한가요? 내가 반성하지 않는다고요? 전 단지 그들의 생을 아름답게 마무리하는 데 일조했을 뿐입니다. 그렇담 늪에 빠진 듯 허우적대는 사람을 그냥 보고만 있으란 말인가요? 당신들의 논조대로라면 스위스 의사는 다 무지해서 그런가요?"

비겁하게도 나는 이렇게 항변하고픈 말을 꾹 참고 그들을 뚫어지게 쳐다보는 게 전부였다.

지금 생각해 보건대, 판사의 선고가 징역 10년이든 20년이든 나에게는 그다지 의미가 없다는 걸 깨닫는다. 어차피 내 삶이란 이리 살든 저리 살든 크게 변화하지 않는, 벗어날 수 없는 그 어떤 질긴 운명에 초연해야만 될 것 같았기 때문이다. 이는 도저히 내가 어떻게 할 수 없는, 그 무엇이 존재하고 있는 기시감 따위가 내 언저리에 늘 도사리고 있을 것 같은 예감이라 해두겠다.

나는 감옥을 나온 후 또다시 지금, 원정안락사를 감행한다. 위험을 무릅쓰고 점조직으로 안락사의 동행을 재차 고집하게 된 것은 형을 살기 전의 성질과는 판이하다. 경제적인 것은 그렇다손 치더라도 무엇보다 감옥살이하기 전과 비교해볼 때 현재는 자살 동행에 대한, 존엄하게 살기와 죽기에 대한 확고한 신념이 자리한 것이다. 아니 어쩌면 이와는 별개로 내 초라한 현실에서 벗어나고픈 갈망이랄까, 다시 그런 환상을 꿈꾸고 싶은지도 모를 일이다. 설령 신기루라 할지라도 도저히 멈출 수 없다. 우리네 삶이란 예기치 않은 일들의 연속이란 속성에 대한 미련이랄까, 암튼 그랬다.

신월 新月
— 다른 이야기

감옥에서 나온 남편의 첫마디는 이랬다.

"왜 그때 경찰관에게 사실대로 말하지 않았어?"

여자는 어리둥절했다. 내가 거짓말을 했다니, 지금 무슨 말을 하는가? 대체 어떤 근거로 남편이 저런 말을 꺼낼까? 여자는 그 당시 경찰에게 분명히 진실만을 진술했기에 기억의 오류라고 추호도 생각하지 않았다. 하여 대답할 필요조차 느끼지 못해 그만 침묵했다. 뭐 언제는 우리 부부가 묻고 답하며 그런 살가운 사이였던가? 하고, 여자는 그 질문을 뭉개버렸다.

밤이 깊었다. 여자는 잠결에 꿈을 꾸듯 몸의 감각들이 돌아난다. 돌연 깊숙이 침몰해 있던 미세한 상피조직이 기지개를 켜듯 하나씩 하나씩 깨어난다. 여자는 당황한다. 잊고 있었던 감각이기 때문이다. 아마 꿈일지도 모른다며 느닷없는 이 침입자를 냉소하며 슬그머니

짓눌러 버린다. 가끔 체념이 필요했다. 아니 가끔이 아니라 항시 필요했다. 일상은 그러한 감각들을 받아들일 만큼 늘 한가하지 않았다.

새근새근. 어둠을 가르고 숨소리가 여자의 귀에 들려온다. 가늘고 고른 리듬이라 옆에서 자는 중학생인 딸이라 여겼건만 조금만 더 신경을 곤두세우면 딸이 아닌 남편의 숨결임을, 여자는 이내 알아차린다. 열려있는 방문 틈새로 희미한 빛 조각이 거실에서 잠자는 남편의 몸 위로 떨어진다. 남편은 자면서도 코를 골지 않고 소녀처럼 얌전히 잔다. 거지가 되어도 귀족처럼 우아함을 잃지 않을 사람이다. 보이지 않는 거리감으로 인해 여자는 그런 남편의 그늘 밑에서 늘 숨죽이며 가슴 졸이고 살아왔다. 자신의 초라함을 감추기 위해 무던히 애를 썼건만, 태생이 평민의 피가 흐르고 있는지는 몰라도 신분 상승이 힘들었다. 해서 남편과 보조를 맞추기 위해 격조 높은 문화 영양제라도 복용해야겠기에 억지로 시작한 게 그림 공부와 음악 감상이었다.

"시작하겠습니다."

원장의 말이 끝나자 남성 누드모델이 가운을 벗는다. 그리고는 노련하게 자세를 취한다. 그는 10년 차 베테랑 모델이다. 실내에 잠시 긴장감이 맴돈다. 기타의 선율이 갤러리에 퍼지기 시작하자 그가 음악에 맞춰 자연스러운 동작으로 첫 포즈를 잡는다.

I'm just a gipsy who gets paid(난 돈을 버는 집시일 뿐이에요)
For all the songs that I have played(내가 연주한 노래와)
And all the records that I have made(내가 만든 레코드로)

쓱쓱, 쓱싹쓱싹. 부드러우면서도 날렵하게 터치를 해대는 수련생들의 손이 음률과 함께 파도 타듯 넘실거린다. 그들의 얼굴에는 비장함마저 감돈다. 창에는 빗물이 유리를 타고 쉼 없이 미끄러져 내리고, 실내는 호세 펠리시아노의 기타곡이 애절하고도 장엄하게 허공을 떠다닌다. 모델은 웅크린 자세가 아닌 반듯한 모양새로 실오라기 하나 걸치지 않았으나 당당해 보인다. 한 조각의 외로움조차도 던져버릴 심사인 듯 몸을 뒤틀어 붉은 손수건을 한 손에 거머쥐고 서 있다. 여자는 모델의 매혹적인 자세에서 강렬한 무엇인가가 느껴진다.

모델의 시선이 먼 곳을 향하고 있지만, 여자는 그 시선이 머무는 곳을 따라갈 수 없다. 어딘가를 응시하고 있는 듯하나 실상은 알 수 없는 그의 모호한 표정과 몽환적인 분위기를 연출해내고 있기 때문일 것이다. 그의 하얗고 견고한 근육이 부드럽게 불거져 나와 농익은 과일처럼 툭 터질 듯 팽팽하다. 여자는 양 넓적다리 사이로 살짝 보이는 그의 음부를 조마조마한 심정으로 흘긋 눈요기한다.

여자는 가끔 불 속에 뛰어드는 부나비를 꿈꾼 적도 있지만 이내 고개를 흔든다. 오랜 습성에 젖어버린 쉽고도 편리한 체념들, 또한 적응에 잘 길들여진 단순하고도 명료한 일상들에서 벗어나 위험을 감내할 만큼 여자는 어리석지 않았다. 한때 크로키를 배울 때만 해도 저편의 삶이 궁금한 적도 있었다.

남편은 아내도, 딸도 없는 한낮의 거실에서 유튜브로부터 흘러나오는 노래를 혼자 듣는다. 행복합니까, 행복합니까, 당신은 지금···. 절규에 가까운 가수의 호소가 곡이 벌써 끝났는데도 아직 그의 귓가에 윙윙거린다. 창 너머, 메타세쿼이아가 오늘은 꼼짝도 하지 않은 채, 날카롭게 하늘을 찌르고 있다. 남편의 집은 고장 난 카세트테이프처럼 돌고 싶을 때 적당히 알아서 돌아간다. 남편은 이틀을 꼬박 잠만 자기도 하며 책을 보거나 텔레비전을 보거나 인터넷을 즐기기도 한다. 외출하지 않아도 특별히 불편한 것이 없으며, 쇼핑과 은행 업무도 컴퓨터가 다 처리해 준다. 남편이 바깥세상과 차단한 특별한 이유는 없다. 아니지, 잘나가던 사업이 실패로 종결되면서 칩거가 시작되었다고 단정할 수는 없지만 어쨌든 가장 유력한 정보임이 분명하다고 생각한다.

남편은 어쩌다가 온종일 집에 있기가 뭐하면 깔끔하게 차려입고서 인근의 도서관에 가서 책을 보거나 대출해 온다. 남편의 독서량은 엄청나다. 세월이 흘러 남편은 어느 순간부터 삶이란 너무 시시하고 별로 기대할 게 없는 거로 귀결되면서 소시민적 생활수준만 유지해

가며 별 탈 없이 생을 마치면 된다고 판단했다.

"쌀이 떨어졌어."

여자가 남편에게 말했다.

"그걸 왜 나한테 말해?"

여자의 말에 부당하다는 생각이 들었는지 남편은 심드렁한 태도로 물었다.

"그럼 누구한테 말할까?"

여자는 어리둥절한 표정으로 남편에게 되물었다.

"내가 10년간 악착같이 벌어서 가족을 먹여 살렸으니 이젠 당신이 10년쯤 해도 되잖아."

남편은 너무나 당연하다는 듯이 말을 건넸다.

사업에 실패한 남편의 말인즉슨 지금부터는 여자가 가정을 책임져야 한다는 의미일 것이다. 여자는 적절한 대꾸가 생각나지 않아 얼버무린다. 시대와 장소에 따라 변할 수 있는 관습이란 얼마나 모호한 구석이 있는가. 모든 남편이 반드시 직업전선에 뛰어들어야 한다는 고정관념은 이제 서서히 무너져 가고 있다.

여자는 어릴 적부터 책만 보면 잠이 왔다. 가정형편이 별로이기도 했지만, 그 무엇보다 여자는 공부에 전혀 관심이 없었다. 결혼해서 남편의 수준에 맞는 아내가 되기 위한 노력의 하나로 대학에 갈까도 싶었지만, 도저히 불가능했기에 포기하고 문화적 교양을 쌓기로 결론을 냈다. 고졸인 여자는 그 흔하디흔한 자격증 하나 없었다. 아니지 생각해 보니 굳이 자격증이라고 말할 수도 없는 운전면허증이 있었다. 그래서 시작한 직업이 택시기사였다. 남편의 보호 아래 감히 호강을 누린 적이 있었는데 따지고 보면 여자의 생애에서 멋진 자가용을 굴릴 수 있었던 것도, 신분상승도, 고급 취미 생활을 할 수 있었던 것도 다 남편 덕택이었다. 하여 여자는 남편 말에 일리가 있는 것 같아 군소리 안 하고 취업전선에 뛰어들었다.

남편은 곰곰이 생각한다. 아내의 몸이 어느 순간부터 하늘에 떠 있는 애드벌룬처럼 부풀기 시작했다. 날씬한 몸일 때도 있었지만, 아내의 성적 매력은 그다지 없는 편이었다. 아니지, 잘나가던 자신의 사업이 불안하게 꼬일 때부터 섹스와 멀어졌기에 그런 생각이 든 게 더 정확한 표현일 수도 있겠다. 아내는 처음부터 택시를 몰았던 건 아니고 빵집의 아르바이트부터 시작했다. 고맙게도 빵집 주인이 그날 팔고 남은 빵을 모조리 가져가라 했다. 하루 12시간 근무에 아내는 휴식도 없다시피 일했다. 피곤해서 밥해 먹을 시간도 없었기에 삼시 세끼 빵만 먹어댔다. 그렇다고 남편 스스로 집안일을 좀 거둘 수는 있어도 밥까지 하기에는 그의 자존심이 허락하지 않았다. 그러자 아내의 몸이 점점 불어났다. 나중에는 가게 주인이 보다 못해 아내를 해고했다. 빵을 먹으면 뚱뚱해진다는 선입견으로 인해 손님들 보기에 민망했는지, 아니 어쩌면 매출이 떨어졌으므로 장사에 방해된다는 이유였을지도 몰랐다.

언젠가부터 아내 몸은 남자로 보이게끔 되어버렸다. 이는 직업이 택시기사였기에 위험에서 벗어날 수도 있을 거라며 남편은 다행이라 생각한다. 위험으로부터 지켜내기 위해, 먹고 살기 위해 아내의 몸은 점점 비대해지고 있었다. 남편은 그런 아내가 한편으로는 불쌍하기도 했으나 이내 그런 생각을 접어버린다. 첫사랑과 간통을 하지 않았음에도 아내가 진실을 말하지 않았기 때문에 첫사랑과 자신은 억울한 옥살이를 했으므로 일말의 미안함도 사라졌는지도 모른다.

지루한 장맛비가 연일 내린다. 택시는 손님을 태우지 못한 채로 송정에서 해운대를 지나 동래구의 어두운 도로를 달린다. 비가 후드득후드득 떨어진다. 와이퍼가 분주하게 움직인다. 저쯤에서 검은 양복 차림에 검정 우산을 들고 제법 말끔한 남자 한 분이 택시를 향해 손을 올린다. 여자는 운행을 멈춘다.

"저어… 윗 반송에 있는 천주교 묘지로 갈 수 있을까요?"

"어디라고요?"

"기장을 못 가서 반송입니다만….”

남자의 말은 빗소리에 묻혀 어렴풋하게 들려온다.

"그곳에 천주교 공동묘지가 확실히 있긴 있습니까?"

여자는 고개를 갸웃하며 의심스러운 눈길을 남자에게 보낸다.

"저도 간 적은 없지만 있다고 전갈을 받았는데…."

"그럼, 일단 타세요. 있다고 하니 뭐 있겠지요."

여자는 왠지 가기 싫었지만, 오늘은 워낙에 손님이 없어 사납금도 채우지 못할 판이라 한 푼이라도 벌 요량으로 가기로 마음먹는다.

철벅거리는 택시는 도시의 도로를 지나 숲길로 들어선다. 빛 하나 보이지 않는 어둠이 달려든다. 여자는 기묘한 불안감에 휩싸인다. 산중에는 빗소리만 떠돌고 있는 가운데 질척거리는 차바퀴 소리로 뒤엉킨다. 아무리 올라가도 어둠뿐 공원묘지는 보이지 않는다. 여자는 점점 불안해진다.

"손님, 어디다 내려드릴까요?"

여자의 질문에 남자는 말이 없다. 여자는 혹시 귀신이라도 태웠는가 싶어 돌아다본다.

"헉!"

푸르스름한 낯빛으로 변해 있는 남자 얼굴을 보는 그 순간 여자는 소리를 내지른다. 그의 형상은 전화기가 뿜어내는 빛에 의해 뿔만 솟아있지 않아서 그렇지 영락없는 도깨비 같다. 남자는 무표정하게 핸드폰을 들여다보더니 여자를 한 번 힐끔 쳐다보고는 고개를 옆으로 돌려 비 오는 바깥 풍경을 이리저리 훑는다. 그러고는 요 주위가 맞는 것 같은데, 하며 중얼거린다. 마침내 안도의 한숨을 내쉰 여자는 어릴 적에 할머니가 직접 겪은 도깨비 이야기를 떠올리며 정신만 차리면 된다고 되뇐다. 택시는 비 오는 언덕을 힘겹게 오른다. 도무지 공동묘지가 보일 것 같지 않다.

"손님, 혹시 잘못 알고 오신 것 아닙니까?"

내비게이션도 이 주위라고만 말할 뿐 침묵했다. 여자는 점차 이상한 느낌이 들기 시작했기에 불안스레 물어본다. 하지만 남자는 그 어떤 대답도 하지 않고 묵묵히 바깥을 살피고만 있다.

"손님, 도저히 안 되겠습니다. 되돌아가야겠습니다."

여자는 언뜻 무섬증이 들었기에 말을 내뱉고는 핸들을 꺾는다.

"그럼 전 그냥 여기에 내려주세요."

여자가 차를 세우자 남자는 액정화면에 나타난 숫자를 보고 요금을 지급하고는 잔돈은 놔두라며 차 문을 열고 내린다. 제법 큰 액수다. 여자는 순식간에 남자에게 미안한 마음이 든다.

남자가 내리고 나니 여자는 혼자다. 그런데 아이러니하게도 갑자기 안도감과 동시에 걱정, 서운함, 아쉬움 따위의 이해할 수 없는 감정의 교차가 엄습해 왔기에 차 안에서 오랫동안 그 검은 움직임이 사라질 때까지 바라만 본다. 그러고는 잠시 후 여자의 몸과 마음이 흔들리기 시작한다. 그러자 난데없이 크로키의 누드모델이 음란하게 다가와 여자의 몸을 더듬는다. 싫지 않다. 모델의 포스에 '집시'의 애

틋하면서도 부드러운 선율이 얹힌다. 복잡한 감정이 덩굴처럼 뻗어 나가 미묘하게 뒤엉킨다. 여자가 그를 받아들인다. 웅장한 기타곡이 가슴 저 밑바닥까지 꽂힌다. 입술을 열고 다리를 벌린다. 음탕하고 난잡한 섹스가 이루어진다.

비바람 속에서 나무들이 휘청거린다. 차창에는 빗물이 끊임없이 미끄러져 내린다. 폭우가 한동안 이어지다 끊어진다. 곧 가수의 처절한 절규가 이어진다. 고통을 절감한 사람만이 낼 수 있는 묘한 여운을 남기는 목소리다. 바야흐로 기타의 연주가 위엄을 더한다. 근데 돌연 음악이 뚝 끊어지고 모델이 그만 사라진다. 여자는 고개를 흔들어대며 상념에서 헤어나 정신을 수습한다. 오랜만에 느껴보는 이 느닷없는 감정의 실체는 무엇인가. 비가 퍼붓는 밤의 어느 날, 공동묘지인지 산속인지는 몰라도 혼자라는 그 순간에 공포감 유발은커녕 오히려 오래전에 잊고 지내던 성적 충동이라니 여자는 도저히 이해할 수 없다며 고개를 흔든다. 과거 남편이 술김에 자신을 범할 때도 이런 유의 충동적 감정이었던 걸까?

비 맞은 길바닥은 기분 더럽게 끈적이며 질척거린다. 자동차 앞바퀴가 공회전의 울음을 길게 토해낸다. 그 와중에 저 멀리 머리를 풀어 헤친 한 여인이 여자에게 손짓한다. 여자는 헉! 소리를 내지른다. 이와 동시에 액셀러레이터를 힘차게 밟으며 그곳을 벗어나려고 안간힘을 쓴다. 잠시 후 붕! 하는 소리를 토해내면서 택시가 땅 위로 올라온 잡초더미 속으로 순식간에 미끄러진다. 정신을 차리고 보니 손짓하는 여인은 온데간데없고 나무만 휘청거리고 있다. 헛것이 보였단 말인가.

마음을 가다듬고 처박힌 곳에서 간신히 빠져나온 여자는 또다시 어두운 숲길을 달린다. 그런데 또 하얀 옷을 입은 누군가가 바쁘게 양손을 휘젓고 있다. 으악! 하고 소리친다. 하지만 자세히 보니 이번에는 진짜 사람인 것 같다. 가까이 다가가 차창을 조금 내리자 다급한 목소리가 들려온다.

"아! 마침 택시가 보여 너무나 반갑네요. 요 근처에 위급한 환자가 있는데 병원까지 좀 데려다주세요."

"예, 알겠습니다."

여자는 그제야 마음이 진정된다. 잠시 후 노인환자를 데리고 노파가 나왔기에 그들을 차에 태우고 출발한다. 아마도 노부부인 모양이다. 저 나이에 별 탈 없이 서로 의지하며 살아가고 있는 모습이 못내 부럽다.

"요 가까이 천주교 공원묘지가 있기에 가끔 택시와 자동차가 올라오지요. 119 구급대를 부를까도 생각했지만, 시간이 걸리고 장소도 애매하다 보니 때마침 차 소리가 나길래 집에서 급하게 뛰쳐나왔답니다. 다행히 고마워요."

인근에 공원묘지가 있다는 노파의 말에 여자는, 아까 아무 데나 내려준 남자가 은근히 걱정되었는데 안심이 되었다. 노파의 어깨에 살포시 기대어 자신의 전 존재를 상대에게 내맡긴 듯한 힘없는 노인과는 대조적으로 노파의 언어에는 생명력이 넘쳐흐른다. 노부부의 다감한 모습을 보니 살아온 그들의 삶이 그다지 거칠지 않고 따뜻한 행복을 누린 듯한 느낌이 든다. 이에 반해 여자의 노후는 신월처럼 흐릿해 아무것도 보이지 않는다.

마침내 병원에 다다른 끝에 노인과 함께 차에서 내린 노파가 일만 원 남짓한 돈을 더 얹어 여자에게 건넨다. 오늘은 웬일인지 야릇한 일들이 잇달아 일어나기도 했지만, 운수 좋은 날이기도 하다. 여자는 생각한다. 신월이 지나면 언젠가는 보름달이 떠오르듯이 살다 보면 이런 소소한 행운이 찾아올 때도 있는 법이다.

"내 실수에 대해 책임지겠어!"

남편은 과거를 떠올린다. 얼굴도 예쁘고 대학도 나온 첫사랑은 아내의 절친이다. 첫사랑과 별일 아닌 거로 다투는 바람에 화가 난 그는 아내를 불러낸 그날, 술에 취한 나머지 아내와 하룻밤을 보내고 자궁 속에 생명의 씨앗을 뿌리고 말았다. 뻔하고 상투성이 농후한 비련의 주인공이 남편이었다. 세상의 시선이 두렵기도 했지만, 그 무엇보다 생명은 소중하기에 남편은 사랑보다 책임과 의무를 택했다. 그렇다면 아내는 자신을 짝사랑했는가? 글쎄다, 그런 것 같기도 하고 아닌 것 같기도 하다. 어느 날 남편은 나를 사랑하느냐고 아내에게 물었던 적이 있었는데 아내는 쓸데없는 질문을 왜 하느냐는 듯이 픽 웃었다.

네모반듯한 집의 구조. 방 하나, 거실 겸 부엌 하나, 욕실 겸 화장실 하나. 사각의 프레임 안에는 원망도, 선악도, 미추도 존재하지 않는다. 오직 자유, 무관심, 침묵 따위만이 떠다닐 뿐이다. 가끔 권태란 놈이 스멀스멀 기어들 때도 있지만, 거추장스러운 욕망 따위를 꾹꾹 차단해 버린다. 충동적 욕정조차도. 남편은 날이 갈수록 자신도 모르게 이런 삶에 익숙해져 간다.

남편은 한밤중인데 잠이 오지 않는다. 여전히 어둠이 세상을 온통 점령하고 있다. 숨 막힐 듯한 적요가 떠다니고 있는 이곳은 무음의 세계다. 세월과 함께 깊어지는 강물은 망각이라는 체념을 선사하고 흘러갔다. 미처 휩쓸려 가지도 못한 고립이라는 물 입자는 강 언저리를 떠돌다 뿌연 안개 속에서 몸을 움츠리며 흐느낀다. 보일 듯 말 듯 희미해진 희망이라는 단어, 그리고 이곳처럼 고요 속에 파묻힌 텅 빈 을씨년스러운 풍경의 집안은 오래전에 버려진 폐타이어처럼 나뒹굴고 있다.

고독의 물결을 끝없이 따라가 보면, 아니지 г끔은 거슬러 올라가다 보면 미처 예기치 못한 무언가를 만날 수 있다는 막연한 기대감으로 버티고 있는 것인지 남편은 때때로 자신의 삶 자체를 이해할 수 없다. 요즘은 하루가 다르게 굴종, 선악의 경계가 불분명해지면서 세상의 경계가 속절없이 무너지고 있다. 모든 걸 집어삼켜 버린 안개만이 떠돌 듯 허연 세상만이 존재하고 있는 듯하다. 하얀 세계도 어두운 세계처럼 아무것도 보이지 않는다는 점에서는 똑같다.

그때는 간통죄가 존재하던 시기였다. 남편은 첫사랑의 남편으로부터 간통죄로 경찰에 고발되었다. 경찰서였다. 남편은 아내에게 간곡히 호소했다. 오래전부터 부부관계를 할 수 없었다고 하는 증인이 되어달라고. 근데 아내는 진실을 외면했다. 왜 그랬을까? 그래도 딸의 아빠이지 않나? 지금은 놀고 있지만, 한때는 아내를 귀부인 행세하게끔 하질 않았나? 게다가 첫사랑은 아내의 친한 친구이기도 하고…. 남편은 자신이 극심한 당뇨 증세 때문에 10년 가까이 섹스를 할 수 없었다고 항변했으나 경찰은 이를 받아들이지 않았다.

새달이 시작되었지만 달은 언제나 이삼일 간쯤 어둡고 흐릿하다. 그때 일이 마치 신월처럼 희미한 느낌이랄까? 암튼 그랬다. 젊은 나이에 발기가 되지 않은 자신이 분명히 처참했을 터였다. 하지만 어느 순간부터 의심이 꼬리를 물었다. 싫어서 헤어진 게 아닌 첫사랑. 아내가 임신한 사실을 알기 전까지도 서로 화해해서 애틋한 관계였던 게 기억난다. 그때 아이를 지우고 결혼하지 말아야 했을까? 남편은 고개를 흔든다. '그건 죄악이야. 아니지, 내 잘못이야! 사랑도 없는 아내와의 하룻밤 동침으로 결혼한다는 건 어불성설이야! 그래도 끝까지 책임감을 잃지 않은 훌륭한 남편이지 않은가.'

세월이 흘러감에 따라 첫사랑에 대한 미련도 낙엽처럼 점차 퇴색되어 갔다. 이런 감정은 첫사랑 역시도 마찬가지였다. 어쩌다가 한 번씩 안부 정도만 오가던 첫사랑과는 결혼 5년 후, 잘나가던 사업이 힘들어지면서 만나기 시작했다. 남편은 그때 이미 섹스도 불가능했기에 둘은 그냥 편한 친구의 감정이었다. 그러다가 사업이 망해 집에서 놀고 있는 어느 날 낮에 첫사랑과 만났는데, 그날따라 술이 좀 과해 첫사랑의 의식이 끊어졌다. 남편은 술집에 무한정 앉아있기가 뭐해서 술 깨면 집으로 보낼 생각으로 대낮에 모텔로 간 게 실수였다. 성불구라 아무 문제가 없다고만 생각했다. 근데 첫사랑 남편으로부터 의뢰받은 흥신소 직원이 그 사진을 찍은 거였다.

여자는 그들의 애정행각이 그 이후에도 지속되었다고 나름 판단한다. 여자가 결혼하고도. 친구 역시 결혼하고도. 증거는 없다. 추측일 뿐이다. 때론 추측이 거짓보다도 더 진실일 때가 많다. 여인들의 직감이란 참으로 무섭기 때문이다. 그건 그렇고 남편이 사업에 실패한 후로도 친구를 만나 섹스를 했을까? 도서관 가는 일 외엔 거의 집에 있지 않았나? 하긴 도서관 간다고 하면서 남편이 친구와 살짝 데이트할 수도 있었을 것이다. 과연 이게 진실일까? 여자의 판단이 신월처럼 또 흐려진다.

남편이 당뇨병 때문에 성관계를 하지 않았다고 경찰에 진술했는데 그 말은 과연 진실일까, 하고 여자는 그때까지도 의구심이 일었다. 결혼 5년 차 때 남편이 섹스 도중에 발기가 되지 않는다고 말했다. 여자는 그냥 그런가 보다 하고 생각했다. 근데 그게 당뇨 때문이었던가? 일부러 한 연기가 아니었나? 기억이 어렴풋하다. 진실은 언제나 숨 막히게 모호한 구석이 있다.

남편과 첫사랑은 결국 감옥에 갇혔다. 남편은 그래도 딸의 아빠인데 아내는 왜 유리한 증언을 해주지 않았을까 하고 이따금 의아했지만, 그 이유를 정확히 설명할 수 없다. 어쩌면 아내 자신이 너무 비참했기에 일시적 분노가 치밀어 그렇게 진술했는지도 모른다. 그 당시 아내는 더는 추락할 데가 없었을 것이다. 그게 아내의 마지막 남은 자존심을 지키는 일이라고 판단했는지도.

해운대에서 만취한 남자 손님이 택시에 올라탄다. 기장 대변까지 가자고 한다. 여자는 가기 싫지만, 아직 사납금을 채우지 못했기에 가기로 맘먹고 택시를 출발시킨다. 어두운 도로를 달리면서 술내 때문에 차창을 내리자 갯내음이 훅 끼쳐 든다. 대변항에 도착해 잠자는 손님을 깨운다. 부스스 눈을 뜨고는 차비가 없다고 말한다. 근처에 있는 경찰서 찾기도 쉽지 않아 그냥 내려주고 출발한다. 전에도 그런 적이 있었는데 요금은커녕 손님은 유치장 신세를 한번 지면 그것으로 결론이 난다는 걸, 뻔히 알기 때문에 여자는 또다시 시간 내서 바보처럼 반복할 필요가 없는 것이다. 그걸 받기 위해 소송을 해야 하는데 누가 귀찮게 그렇게 하겠는가. 본래 세상이란 이런데도 그런대로 잘 굴러가는 법이다.

"엄마, 내가 신기한 얘기 하나 해줄까? 책에서 읽었어. 일하는 개미들과 일하지 않는 개미들이 함께 모여 살아. 정말 재미있는 건 개미 20%는 늘 놀면서 80%의 일개미들이 뼈 빠지게 음식을 물어오는 것으로 야금야금 먹으며 살아간다는 거야. 게다가 그 20% 개미는 당치 않게도 마치 일하는 척하며 게으름까지 피우기도 한대. 근데 더 황당한 건, 일하는 개미만을 따로 모아 놓아도 역시 그중 20%는 일하지 않고 논다는 거야. 진짜 웃기지?"

여자는 저렇게 똑똑한 딸을 대학에도 못 보낸다는 게 더 우습다고 여긴다. 그 순간 갑자기 웃음보가 터진다. 딸아이가 멍하니 제 엄마를 쳐다보다가 이유도 모른 채, 함께 웃음의 대열에 합류한다. 좁은 집안에서 오랜만에 웃음소리가 요란하다. 남편이 이게 뭔 일이지 하는 표정으로 책을 읽다가 그들을 쳐다본다. 둘은 웃음을 뚝 그친다. 여자의 눈에 눈물이 비친다. 무력감, 환멸이 서서히 스며든다. 여자도 한때는 20%의 부류에 속했음을 인정한다. 얼른 환상을 깨끗이 접어버리고 다시 일상으로 복귀한다.

남편이 어느 날 또다시 여자에게 물었다. 그때 왜 경찰관에게 진실을 말하지 않고 거짓말했는지를. 여전히 저음의 어조였다. 이제 잊을만한데 보기보다 남편은 끈질긴 데가 있다. 여자는 맘속으로 대답했다. 진짜 그 이유를 당신이 꼭 알고 싶어? 그렇담 이제 말해주지.
'그렇게 말하는 게 나에게는 훨씬 인간적인 진술이었다고. 당신이 거짓이 무엇인지, 참이 무엇인지 알기나 해? 자존심보다도 더 중요한 게 뭔지 당신이 알아? 내가 뚱뚱했기에 당신과 딸 입에 풀칠이라도 할 수 있었어, 이게 참이야! 당신이 감옥에 들어가야지만 당신이 먹는 식비와 용돈, 생활비 한 푼이라도 절약할 수 있는 거지! 이게 진실이야! 이게 진실이 아니면 뭐가 진실인 거야! 내가 경찰관에 거짓말했다고? 아니야! 절대 그럴 리가 없어! 난 분명히 진실만을 말했어! 당신이 틀렸어! 당신이 잘못 안 거야!'
여자는 그렇게 눈으로만 항변했다.
애초에 딸아이를 임신하고부터 여자의 삶이 꼬이기 시작했던 터였다. 여자는 생각한다. '그래도 놀고먹는 당신이 요긴하게 쓰인 적도 있었지. 택시 회사의 남자기사들이 나에게 남편이 있다는 사실만으로도 치근대지 않았으니깐. 그리고 한때 당신이 잘나가는 덕택으로 내 전용 자가용을 몰면서 운전도 자유자재로 할 수 있게 되었으니 감사할 일이지. 그러고 보니 내가 당신에게 돈으로 환산할 수 없는 많은 것을 받긴 받았네.'

　빵집에서 해고당한 여자는 갈 곳이라고는 택시를 모는 것밖에 없었다. 몸이 뚱뚱하다는 그게 취직하는데 이점이 될 줄이야 누가 알았겠느냐. 여성적인 매력이 없었기에 수상한 남자 손님으로부터 해코지당할 염려는 없었다. 그래도 굶어 죽으라는 법은 없는 모양이라고 여자는 웃어버린다.

　남편은 상념에 잠긴다. 자신이 가정을 책임지기 위해서 얼마나 힘들었는지 아내는 알기나 할까. 아내와 딸을 위해서 자신이 어떤 고역을 겪었는지 한 번쯤은 이해해 보려고 아내는 노력이나 했을까. 어음을 막기 위해 이리 뛰고 저리 뛰고 하루하루가 불안의 연속이었다. 왜 남자만 이런 고통을 감내해야 하나. 한 가정의 경제적 노동을 왜 남자 쪽에만 부여하는 것인가. 결국, 스트레스르 인한 당뇨라는 병이 찾아왔던 터였다.

　첫사랑과 가끔 전화하고 만나기는 했지만, 그게 그렇게 잘못된 행동이었던 걸까. 그런 식의 숨 쉴 틈새도 없었다면 아마 자신은 숨이 막히거나, 암에 걸려 죽었을지도 모른다. 남편은 어느 순간부터는 삶에 대한 적의라기보다는 모든 꿈과 희망을 내려버리니 오히려 홀가

분했다. 실은 감옥행도 별 대수롭지 않게 받아들일 수 있었다 하겠다. 인간적으로 첫사랑한테는 미안한 일이지만.

　운행 중인데 갑자기 휴대전화가 울린다. 손님이 놓고 간 것이었다. 받아보니 핸드폰 주인이다. 장소를 말하며 좀 갖다 달라고 사정한다. 돈을 얼마나 줄 것인가 묻기도 뭐해서 그냥 알았다고 말한다. 마땅히 수고비를 주는 줄 알고 그곳으로 갔으나 폰 주인은 고맙다는 인사도 하지 않고 당연하다는 듯이 받아 간다. 여자는 따지지도 못하고 멍하니 그 손님을 바라보기만 한다.
　호텔에서의 일이다. 호텔 입구에서 손님을 태우기 위해 택시들이 줄을 길게 늘어뜨리고 있었다. 어느 한 택시가 손님을 내려주고 지금 막 호텔에서 나온 손님 한 명을 태워서 출발하려 했다. 아까부터 빈 택시의 대열에서 몇 시간 동안 줄을 서서 손님을 기다린 택시기사가 새치기했다며 손님을 양보하고 저기 가서 줄을 서라고 했다. 그 기사가 거절하자 기다린 기사가 그를 끌어내 다짜고짜 멱살을 잡고 주먹으로 얼굴을 가격했다. 새치기 기사도 질세라 때리면서 싸움이 시작되었는데 결국에는 칼을 들고 살인까지 하는 지경에 이르렀다.
　택시기사들의 한 맺힌 사연들. 세상의 사람들이란 이런 유의 기상천외한 뉴스거리를 접하면서도 하루하루를 잘 살아낸다. 아니 견디고 있다는 게 더 정확한 표현일 수도 있겠다. 삶이란 그런 가혹한 일들이 일어날 때도 있는 법이니깐.

"엄마, 뱀밥과 쇠뜨기에 대해 알고 있어?"

중학생 딸이 여자에게 언젠가 물었다.

"그게 뭔데?"

"자연과학책에서 보았어. 친자 사이는 아니지만 뱀밥은 포자를 흩뿌리는 번식 역할을 하지만, 쇠뜨기는 영양 보급을 하지. 쇠뜨기는 소가 즐겨 먹는 풀이라고 해서 쇠뜨기라 부르고. 우리나라 전국각처의 산야, 햇볕이 잘 드는 길가, 초지 등에 자생해. 부모 자식 관계도 아니고 한 몸의 일부로 땅속에 연결되어 있는데 뱀밥은 누구의 아이라 생각해?"

"그렇담 당연히 쇠뜨기의 아이지."

여자가 바로 대답한다.

"왜지?"

딸이 묻는다.

"낳기만 한다고 해서 다 부모가 되지는 않아."

"양육할 의무가 있다, 이거네?"

여자는 딸과의 대화를 소환하고는 이내 현실의 쓸쓸함에 맞닥뜨린다. 딸아이가 말한 '양육할 의무'를 되뇐다. 그날 딸에게 건넨 말을 후회한 적도 있지만, 딸아이가 고등학교 졸업할 때까지만 참고 살자고 자신에게 강요한다.

　오늘은 딸의 생일이라 여자는 동화 속 신데렐라 마차가 예쁘게 장식된 케이크를 준비했다. 아빠가 준 선물이라며 딸이 여자에게 물건을 건넨다. 여자가 오렌지빛 부직포에 감싼 포장을 벗겨보니 신데렐라 마스코트가 장식된 핑크빛 머리띠가 나온다. 우연치고는 묘하다. 딸과 여자는 아주 오랜만에 유쾌하게 웃는다. 살다 보면 만월일 때도 있는 법이구나 하고 여자는 자신을 위로한다.

　요즘도 남편은 변함없이 격조 높은 차림으로 도서관을 들락거리며 독서에 열중한다. 아직도 직업전선에 뛰어들 생각이 없는가 보다 하고, 여자는 생각한다.

반짝이던 동전

그 동네는 항상 숯빛이었다. 끝없이 이어진 기찻길, 태백산처럼 솟아있는 왕표연탄 공장, 검게 그을린 듯한 얼굴들, 그리고 달동네를 연상시키는 신산스러운 풍경…. 동네 뒤편에는 맹렬한 기세로 지나가는 기차의 기적 소리가 마을을 을러대듯 했고, 앞쪽에는 곧게 뻗은 도로 위로 차들이 먼지를 풀풀 날리며 질주하고 있었다. 하늘에서 본다면 그 동네는 마치 비닐 속에 싸인 흑사탕 형상으로, 시커먼 집채들의 양편으로 기찻길과 아스팔트 길이 쭉 뻗어 있었다. 그곳을 굳이 동네라고 부르기에는 묘한 구석이 있다. 삼십여 호 판자촌은 어느 설치미술가가 각종 폐품 상자로 완성한 우울한 작품처럼 느껴졌다. 기찻길 너머의 풀빛 산은 작품의 배경인 듯 푸르게 장식되어 있었다. 가끔 찾아오는 까마귀가 전깃줄에 오종종히 앉아 있는 모습이 포착될 때는 더할 나위 없이 쓸쓸해 보였다.

동굴처럼 입을 떡 벌리고 있는 그곳은 호선 마을 사람들에 의해

'똥굴동네'라 불렸다. 언제부터 불렸는지는 아무도 모른다. 아마 전쟁 통에 갈 곳을 잃은 사람들이 한둘 모여 형성된 주거지일 수도 있겠다. 똥굴동네 사람들은 아이고 어른이고 할 것 없이 죄다 흑인처럼 온몸이 까맸다. 여름철에는 거의 맨발로 다녔고 하나같이 올챙이처럼 배가 볼록 튀어나왔다. 호선 마을 아이들은 그들의 조상이 분명 아프리카 사람일 거라고 단정 짓고는 토인이라며 놀려대기도 했다. 똥굴동네로부터 오백 미터쯤 떨어져 있는 곳에는 왕표연탄 공장이 기찻길을 끼고 있었다. 그 공장을 중심으로 반경 약 백 미터 이내는 탄광촌처럼 검은 재가 눈처럼 사시사철 내려와 앉았다. 처음에는 똥굴동네 사람들이 전부 연탄공장에서 일해서 그렇게 시커먼 줄 알았는데, 그게 아니라는 것을 이해하는 데는 그다지 시간이 오래 걸리지 않았다.

영진은 멀리서 과거 똥굴동네였던 그곳을 잠깐 바라본 후 걸음을 옮겼다. 오늘도 철거 현장에 도착하자 여전히 양 간의 대치 속에서 전운이 감돌았고 성난 주민들의 아우성치는 소리에 가슴이 철렁 내려앉았다. 영진은 연일 행해지는 주민들의 데모로 인해 골머리를 앓았다. 그건 부산의 동래구 안락동에 있는 군인관사를 허물고 임대아파트를 짓는다는 것에 대한 항의였다. 그걸 혐오 시설이라 생각해 그들 소유물의 가치하락에 대한 불만인 터였다. 영진은 그들을 이해 못

하는 건 아니지만, 직업상 어쩔 수 없이 철거해야만 하는 상황이다. 구청의 건축과 담당 부서직원들은 매번 온종일 주민들을 설득하는 일에 이젠 지칠 대로 지쳐갔다.

군인관사는 영진이 초등학교 다닐 때부터 이미 존재했다. 그 시절만 해도 안락동은 시골티가 물씬 풍겼는데 유독 그 관사 건물만이 첨단을 걷고 있는 듯 위엄을 상징하는 건축물이었다. 하지만 지금의 관사는 초라한 노인의 모습으로 죽을 날짜만 기다리고 있다. 그 당시 안락동에는 '똥굴동네'와 '나사렛고아원'처럼 그런 낯선 풍경들이 더러 있었다. 전쟁이 끝나고 피난민들과 가난한 이들, 그리고 부모를 잃은 아이들이 많았던 때였다. 아이러니하게도 영진은 군인관사를 그대로 보존하고픈 갈망이 가슴 한쪽에 자리했다. 이는 데모를 걱정할 필요도 없겠지만 그 무엇보다 마지막까지 꼭 붙잡아두고 싶은 그리움 같은 꽃향기들이 실타래처럼 뒤엉켜있기 때문이다.

며칠 전 임대아파트 공사 현장에 도착한 영진은, 굴착기의 운전기사를 어떤 중년 남자 한 명이 거의 필사적으로 운전대에서 끌어 내리는 상황을 목격했다. 완강한 남자를 경찰들이 말리고 하는 과정에서 몸싸움이 벌어지는 중이었다. 영진은 못마땅한 심정으로 눈살을 찌푸렸다. 잠시 후 몇몇 경찰이 운전기사로부터 그 남자를 겨우 떼어냈는데 영진은 그를 어디서 본 듯한 기시감이 일어 뚫어지게 쳐다봤다. 남자는 씩씩거리며 이마에 흘러내리는 땀을 투박한 손으로 훔쳐내고는 자신을 쏘아보는 게 기분 나쁜지 험악한 표정으로 영진을 째려봤다. 그러더니 갑자기 그 남자는 사람 좋은 모습으로 돌변하더니 혹시 내성초교 출신이냐고 물었다. 처음에는 그를 퍼뜩 못 알아본 영진은 그제야 나사렛, 이라는 말을 내뱉고는 순간 입을 다물었다. 그날 영진은 오랜만에 맞닥뜨린 동창, 강상식이 반갑다기보다는 그 자리를 벗어나고픈 생각뿐이었다.

놀이에 동참 못 하고 그냥 바라보기만 해야 하는 아이들 가운데 송화라는 이름의 여자아이가 있었다. 성이 채 씨였으니 아이들이 '채송화'라 일컬었다. 송화는 똥굴동네 아이 중 유일하게 예쁜 이름과 얼굴을 갖고 있었다. 하지만 피부색은 여느 똥굴동네 사람들과 별반 다르지 않았다. 영진은 송화와 같은 초교에 다니면서 같은 반이었지만 같이 놀지 않았다. 보통 아이들은 학교에서 고아원(현재 보육원) 아이들과 놀지 않는 것처럼, 호선 마을 아이들은 똥굴동네 아이들과 노는 것이 암묵적으로 금지되었다.

어느 미술 시간이었다.

영진는 짝지인 상식에게 깜빡 잊고 준비물인 도화지와 크레파스를 가져오지 않았다고 말했다. 상식은 영진의 말을 못 들은 척했다. 앞에 앉아 있던 송화가 그 말을 듣고는 얼른 도화지를 절반으로 쪼개 하나를 영진에게 순순히 내밀었다. 영진은 그것을 말없이 받았다. 순간 낭패스러운 표정을 짓던 상식은 낡은 몽당 크레파스를 슬며시 내밀면서 같이 쓰자고 영진에게 마지못해 말했다.

　선생님은 여름 풍경을 생각나는 대로 그리라 하고선 의자에 조용히 앉아 있었다. 상식은 나사렛고아원 주위의 들장미와 과꽃이 흐드러지게 피어있는 언덕을 그리기 시작했고, 영진은 곤충채집망으로 매미와 하늘소를 잡는 풍경을 그리고 있었다. 별안간 선생님의 앙칼진 목소리가 허공을 갈랐다.

　"채송화! 너는 왜 도화지가 그렇게 작아? 선생님이 그런 도화지를 가져오라고 했어?"

　선생님의 질책이 한동안 이어졌다. 송화는 아무런 변명을 하지 않고 고개를 폭 꺾어 책상 위에다 시선을 박고 있었다. 영진은 얼굴을 붉히며 얼른 양손으로 책상을 가린 채 태연하게 앉아 있었다. 사실이 탄로 날까 봐 조마조마한 나머지 자신의 잘못을 용기 있게 드러내지 못했다. 그때 수업을 마치는 종소리가 울렸다. 선생님은 다 그린 사람은 내고 다 못 그린 사람은 집에 가서 완성해 내일까지 가져오라고 했다.

　영진은 안도의 숨을 내쉬며 송화에게 미안하다는 말 한마디 건네지 않고서 끝까지 비굴한 모습을 보였다. 그런데도 선생님에게 야단맞은 송화는 영진을 원망하는 기색조차 보이지 않았다. 그 후로 얼굴뿐 아니라 마음마저 고운 송화를 좋아하게 된 영진은 이따금 상식으로부터 미세한 질투의 느낌을 받곤 했다.

터부를 깨트릴 만한 사건이 일어났다. 학교를 마치고 집으로 돌아가는 길에는, 순진한 아이들을 유혹하는 것들이 곳곳에 도사렸다. 그날도 교문을 나서자 어김없이 장사치들이 일정한 간격을 두고 아이들을 손짓했다. 영진은 그중에서 단연코 '쪽자'에 눈길을 던졌다. 설탕으로 만든 장난감 모형들이 영진에게 꼬리 쳤다. 자동차, 칼, 총, 인형들이 차곡차곡 쌓여 있었다. 그 총을 갖고 있으면 위대한 장군이라도 되듯, 그 칼을 차면 최고의 무사가 되기라도 하듯 영진은 그 속으로 빠져들었다. 몇몇 아이들은 피워놓은 연탄 주위에 옹기종기 쪼그리고 앉아 열심히 작업하고 있었다. 그 작업은 보기에는 쉬워 보였으나 막상 해보면 결코 그 올가미에서 헤어나지 못한다. 영진의 기억으로는 그 작업을 완성하여 투명한 유리곽 안에 놓여 있는 모형을 손에 넣은 자가 아무도 없었다.

'똥과자'란 '쪽자'의 속어였다. 철 틀이 찍힌 모형만 완성하면 누구나 유리곽 안에 있는 설탕으로 만든 거대한 총과 칼을 손에 거머쥘 수 있다. 영진은 당장이라도 그게 가능할 것 같았다. 하지만 똥과자가 마술을 부리는 듯 좀체 그 모형을 완성할 수가 없었다. 엄마에게 받은 용돈을 모두 털어서 해보았으나 소용없었다. 그럴수록 점점 더 오기가 났다. 동전 한 개만 있으면 원하는 모형을 가질 수 있을 거라는 근거 없는 확신이 자꾸만 영진을 부추겼다.

"임대아파트 건설은 개인의 재산권 침해다! 침해다!" "당장 철거를 중지하라! 중지하라!"

별안간 주민들이 일사불란하게 구호를 외쳤다. 군인관사 철거에 막중한 책임자인 영진은 이젠 피로감이 몰려왔다. 중재하려고 몇 차례 애를 써봤지만, 주민들은 요지부동이었다. 철거를 포기하거나, 그들이 원하는 대로 보상을 해주거나, 주민들이 버티기로 돌입하면 영진에겐 다 큰 부담이었다. 영진은 주위를 두리번거려보았지만, 상식은 보이지 않았다.

영진은 구호 소리를 뒤로하고 현장을 떠났다. 구청에 가봐야 곧 퇴근할 시간이니 마을을 둘러보면서 이런저런 생각을 하며 무작정 걸었다. 걷다가 보니 어느새 보도를 따라 동래고등학교 회백색 담벼락이 쭉 이어진 게 보였다. 유구한 역사와 전통을 자랑하는 학교가 오랜 세월의 풍파를 묵묵히 견디며 지금까지 건재해 있다는 사실이 놀라웠다. 경전철로 인해 초역세권이 되고서부터 언젠가 그 학교도 개발에 밀려 어딘가로 옮긴다는 말이 나돌았다. 졸업생들이 반대 데모를 한다는 소문도 들려왔다. 어릴 적엔 그 학교의 담벼락을 끼고 맑은 도랑물이 흘렀다. 도랑의 돌 틈에는 부드러운 이끼가 폭신한 솜방석처럼 붙어 있었고, 가느다란 물풀들이 해초처럼 몸을 풀어헤치며 떠 있었다. 인줏빛 실지렁이도 춤추듯 헤엄쳤다.

동래고등학교 담벼락 앞의 그 도랑 가에 어느 한 여인과 아기가 앉아 있었다. 국방색 모포 위에는 아기가 벌레처럼 꼬물꼬물 기어 다녔다. 그 여인은 귀신처럼 머리를 풀어 헤치며 시커먼 얼굴로 흑진주 같은 눈알을 하고 있었다. 무표정한 얼굴은 세속적인 것들에 무관심한 듯했다. 아기도, 여인도 벙어리처럼 말이 없었다. 짓궂은 소년 하나가 자그마한 돌멩이를 그들에게 던져보았지만, 여인은 눈썹 하나 까딱하지 않은 채 계속 허공을 응시했다. 파리 한 마리가 날아와 여인의 머리 위에 오랫동안 조용히 머물렀다.
　모포 위에는 뜨문뜨문 동그란 동전들이 햇빛에 반짝거렸다. 아마 지나간 사람들이 던져주고 간 것 같았다. 노란 동전들이 제법 흩어져 있었지만, 여인은 돈마저 흥미 없어 보였다. 그나마 아기는 관심이 가는 듯 집게와 엄지손가락으로 동전 한 개를 꼼지락거렸다. 영진은 아이들이 모두 가기를 기다렸다. 시간이 흘러도 좀처럼 아이들은 자리를 박차고 떠날 줄을 몰랐다. 어쩌면 그 아이들도 영진과 똑같은 상상을 하고 있는지도 모를 일이다. 영진은 오후반 수업에 늦을지도 몰라 그 자리를 아쉬워하며 떠났다.
　그날 이후로 모포 위의 동전이 영진의 머릿속에서 좀처럼 떠나지 않았다. 영진은 한 번만, 꼭 한 번뿐이라고 자신을 부추기며 스스로 다짐을 했다. 평소보다 일찍 집을 나서서 학교로 갔다. 휑한 흙길이 쭉 뻗어 있는 가운데 멀찌감치 검은 점이 보였다. 그 앞으로 직선도로를 따라 차들이 쏜살같이 달렸다. 그는 달리는 차들과 마치 경주라도 하듯 달음박질하기 시작했다. 그의 심장도 속도를 내며 뛰었다.

아무도 없었다. 모포 위에는 띄엄띄엄 노란 원이 그려진 동전이 있었다. 용기가 필요했다. 고교의 담벼락은 감옥처럼 거대한 구릿빛 장막을 치고 있었다. 여인의 눈의 초점은 전처럼 흐릿했다. 영진은 얼른 얼굴을 돌려 주위를 한번 휙 둘러보고는 곧장 담요 위로 팔을 길게 뻗었다. 그래도 여인은 무심했다. 그는 잽싸게 손아귀에 힘을 넣어 동전을 움켜쥐고 무작정 달아났다.

영진은 교실에 와서 손을 펴보았다. 그의 작은 손바닥에는 동그란 원이 세 개 놓여 있었다. 쇠 동전은 땀에 절어 미끈거렸다. 동전은 도로 종주먹 속에 갇혔다. 그는 그 주먹으로 이마의 땀을 훔쳐냈다. 하루 내내 그의 신경은 온통 동전에만 박혀 있었기에 선생님과 친구들의 목소리가 들려오지 않았다. 수업이 끝났다. 영진은 친구들을 따돌리고 혼자서 뽑과자 가게로 달려갔다. 가게랄 것도 없이 그냥 길가에 자리한 것이다.

가게의 주인인 노파는 구십 도로 깍듯이 절을 한 채 주위를 정돈하고 있었다. 노파는 친절하게도 언제나 낫 모양으로 허리가 굽었다. 밭을 갈아 놓은 듯 굵직한 주름이 움푹 팬 얼굴은 하회탈을 연상시켰다. 영진은 가게로 다가가 쪼그리고 앉으며 손아귀에 가두어 놓은 것 중 한 개의 동전을 주인에게 건네며 말했다.

"할매, 쪽자 하나 해 주이소."

노파는 돈을 깡통 안으로 가볍게 던지며 낡은 알루미늄 국자에 흰 설탕을 한 숟가락 담았다. 한 단짜리 연탄 위에 설탕이 담겨 있는 국자가 얹혔다. 잠시 후 탄불의 열기에 녹은 설탕이 투명한 액체로 변했다. 노파가 녹은 설탕에 하얀 소다를 넣고 나무젓가락으로 저으니 국자 안이 뭉게구름처럼 부풀어 올랐다. 노파는 커다란 철판 위에 국자를 뒤집어엎으면서 쾅 내리쳤다. 방금 눈 똥처럼 똥과자 위에서 김이 모락모락 피어올랐다. 어쩌면 그래서 그런 이름이 붙여졌는지도 모른다. 아니면 색깔이 똥색과 비슷하기 때문일 수도 있겠다. 노파는 동그란 누름판을 똥과자에 꾹 눌렀다. 그러자 똥과자가 호떡처럼 납작해졌다. 노파는 즉시 그 똥과자 위에 철로 만든 모양틀 가운데 별 모양을 하나 선택해 얹고는 손으로 살짝 눌렀다. 익숙한 솜씨였다. 똥과자 위에는 커다란 별 하나가 그려졌다. 노파가 영진에게 바늘 같은 침 하나를 건네주자 그는 조심조심 별을 완성하기 위해 정신을 집중했다. 선을 따라 침으로 꼭꼭 주사를 놓았다. 드디어 별 한쪽이 완성되었다. 이제 네 개의 뾰족한 부분이 남았다. 그런데 두 번째 끝부분이 그만 칼로 자른 듯 베어져 버렸다. 영진은 노파에게 동전 하나 건네주면서 이번에는 쉬울 것 같이 보이는 물고기 형태의 틀을 찍어 달라고 했다. 또 실패였다. 세 번째도 마찬가지였다. 허전한 마음을 뒤로하고 그는 집으로 발길을 돌렸다. 돌아오는 길인 고교의 담벼락 앞에는 그 여인과 아기가 보이지 않았다.

    구청에서 근무 중인 영진은 부하직원으로부터 다급한 전화를 받고는 부랴부랴 임대아파트 데모 현장을 찾아갔다. 도착하자마자 철거를 방해하려는 주민들이 웅성거리고 있는 곳을 비집고 들어갔다. 그런데 놀랍게도 몇몇 중년 여자들이 아예 웃통을 벗어버리고 브래지어만 한 채 천연덕스레 땅바닥에 드러누워 있었다. 그러고는 자신들을 끌어내고 철거하라며 목청껏 소리쳤다. 피켓을 들고 데모에 가담한 다소 소극적인 주민들은 도리어 못마땅한 표정을 지었다. 지나가는 구경꾼들이 그 광경을 보고 폭소를 터뜨리기도 했다. 당황한 경찰과 철거 요원들은 야릇한 웃음을 지으며 성폭력 시비에 휘말리지 않기 위해서인지 과감한 행동을 자제하고 머뭇거렸다. 어디서 나타났는지 기자들이 앞다투어 사진을 찍기에 여념이 없었다. 그 와중에도 영진은 상식이 왔는지 주위를 둘러보았다. 오늘도 상식은 보이지 않았다.

    브래지어만 한 여자들은 여전히 눈을 감고 땅바닥에 누워있다. 영진은 중년 여자들의 모습에서 상식의 얼굴이 중첩되었다. 어쩌면 영진의 내면에는 옛날 어릴 때처럼 상식과 같은 부류들에 대한 선입견이 아직 존재하고 있는지도 모른다.

    영진은 요지부동인 데모꾼들을 한참 동안 내려다보고는 어쩔 도리가 없어 철거 요원들에게 오늘은 이만 철수하자고 했다. 결국, 모두 철수하니 중년 여자들이 일어나 옷을 주섬주섬 주워 입었다. 영진은 옷을 다 입고 철거 현장을 떠나고 있는 중년 여자들을 망연히 바라본다. 철거 요원들과 철거 저항 주민들이 모두 떠난 현장은 폐허처럼 적막하고 황량한 바람만 불어댔다. 철거하려다 만, 몸 일부가 훼손된 군인관사는 더없이 처량한 모습을 하고 있었다. 영진은 쓸쓸한 마음으로 계속 데모에 나타나지 않고 있는 상식을 떠올린다. 그와 처음 만난 날 상식이 언제든 술 한잔하자던 말이 생각났다.

"니가 먼저 만나자고 전화를 다하고 우짠 일이고."

상식은 영진을 보자마자 비꼬는 듯한 투로 말을 건넸다.

영진은 치맥을 시켰다. 상식은 연신 치킨을 씹으며 부지런히 맥주를 마시면서 말을 했는데 그에게는 대충 이런 사연이 있었다.

그의 아내가 차 사고로 죽기 전까지는 1톤 트럭을 끌고 골목골목을 누비며 과일과 채소 장사를 해서 제법 돈을 벌어 이 동네의 아파트까지 구매해서 살았다. 그러다 아내가 죽고 돈도 다 귀찮아 실컷 놀고먹다가 결국 거지꼴이 되자, 하나 있는 아들 공부는 시켜야겠기에 공사판을 전전하며 일하기 시작했다. 그때 배운 기술로 주택하자 보수를 하며 다시 돈을 모아 지금 사는 연립주택을 겨우 마련했다. 그런데 집 가까이 임대아파트가 들어선다 해서 항의 데모에 나섰다. 아들은 대학 1학년 한 학기만 마치고 군에 갔는데 그 녀석이 졸업해서 취직할 때까지만 고생 좀 해야 한다며 허탈하게 웃었다. 그러고는 마치 자서전을 쓰듯 그의 전 생애를 조곤조곤 들려주었다.

"송화가 입양 갈 때 내게 니한테 편지 전해주라고 했는데 내가 찢어버렸다 아이가."

"왜 내게 전해주지 않았어?"

"내가 송화를 짝사랑했는데 니 같으면 전해줬겠나? 무슨 지랄 맞은 운명의 장난인지 이 나이에 내는 아직도 송화를 잊지 못하고 있다 아이가. 니도 그런나?"

영진은 속말을 하고 싶지 않았다.

"그래서 여태껏 이 동네에서 얼쩡거리고 있다 아이가. 근데 하늘도 감동했는지 어느 날 송화를 만났지 뭐야. 트럭으로 장사하면서지. 폰 번호도 알아."

"뭐라고?"

영진은 깜짝 놀랐다.

"와? 만나고 싶나? 번호 갈켜 줘?"

영진은 선뜻 대답하지 못했다.

"미친 새끼! 니 쫌 솔직해라, 사내자슥이."

"그건 그렇고 미안하지만 네가 데모대를 좀 진정시켜주면 안 되겠어?"

영진은 의도적으로 대화를 딴 방향으로 돌려버렸다. 아니, 오늘 정작 만난 이유의 본론으로 들어갔다.

"와? 내사 할란다. 내 재산 가치 떨어지는데 가마 있으면 되건나?"

상식이 시비조로 나왔다.

"니도 알다시피 내가 임대아파트 총책임잔데 요즘 내 입장이 너무 곤란해 죽을 지경이다. 불면증에다 위궤양까지 걸렸어. 병원에 가보니 스트레스가 원인이래."

"아 그런나? 결론적으로 말해 니가 옛 친구로서가 아니라 니 딱한 사정 해결해달라고 내를 불러냈는가뵈. 내 그럴 줄 알았지. 송화가 전학 갈 때 내가 와 니한테 편지 안 전해줬는지 진짜 이유를 아나?"

상식은 몹시 흥분한 상태로 영진에게 욕을 마구 해댔다. 영진은 상식으로부터 도저히 믿기지 않는 사실을 들었다. 상식은 맥주를 연거푸 들이켰는데 거나하게 취한 그의 입에서 거침없이 나온 말들은 자못 충격적이었다. 당황한 영진은 카운터에 가서 급히 계산을 치르고 술 취한 상식을 두고 치킨집에서 도망치다시피 나와버렸다.

영진은 도화지 사건과 동전 사건으로 인해 한동안 반성의 시간을 가졌다. 학교를 오갈 때 구걸하는 여인과 아기가 길거리에 앉아 있으면 도로의 건너편으로 슬그머니 건너가서 지나갔다. 하지만 시간이 흐르자 죄의식은 마술에 걸린 듯 차츰 희미해지더니 어느새 잊혀버렸다.

영진은 또다시 똥과자가 떠올랐다. 유리 상자 안에 있는 설탕 장난감들이 그에게 통렬히 손짓했다. 2교대 수업의 오전반일 때는 집으로 돌아가는 아이들이 너무 많아 무리였다. 오후반 수업이 있는 주가 되기를 기다렸다. 그날은 두 시간이나 빨리 집을 나섰다. 길가의 코스모스들이 아이들 키만큼 자라 부끄러운 듯 고개를 살래살래 흔들었다. 그 너머로 거대한 연밭에는 널따랗게 펼쳐진 연잎 속에 다문다문 연분홍 꽃잎이 피어올랐다. 학교를 오가다 갑자기 하늘에서 비가 내릴 때면 아이들은 커다란 연잎을 꺾어 손으로 받쳐 들고 뛰어가곤 했다. 비를 담뿍 맞은 연밭은 더 짙어지고 더 깨끗해졌다. 연잎 위의 몇몇 빗방울이 모여 왕방울이 되면 무게를 이기지 못한 물방울이 또르르 굴러 연못 아래로 툭 떨어지곤 했다.

고교 담벼락 앞에 앉아 있는 여인과 아기가 영진의 눈에 띄기 시작하자 가슴이 콩콩 뛰었다. 여인은 여느 때처럼 긴 머리를 풀어 헤치고 지그시 눈을 감은 듯 만 듯한 모습이었다. 속눈썹 위에는 먼지가 살짝 내려앉았다. 아기는 불안정한 자세로 비스듬히 서서 여인의 앞가슴에다 입을 갖다 대며 젖을 빨았다. 아기 옷에 구멍이 나서 속살이 보였다. 자리로 깔고 앉은 누더기 위에는 누르께한 원이 몇 개 그려져 있었다. 영진은 재빠르게 고개를 좌우로 돌려 주위를 살폈다. 다행스럽게 아무도 보이지 않았다. 그 찰나, 여인의 무관심한 눈을 피해 동전 두 개를 감쪽같이 거머쥐고 그 자리를 벗어났다. 누구도 보지 못했다. 정신 나간 여인과 아기도 알 리가 없었다. 두 번째의 완전한 범죄였다. 하지만 이번에도 원하는 모형을 도저히 손에 넣을 수 없었다. 똥과자 작업에 심한 좌절감을 느꼈다. 극도의 낭패감이 영진을 엄습해 왔다. 어린 마음에 실망감이 두려움을 압도해버려 집으로 돌아오는 길에 결국 울음을 터트리고야 말았다.

두 번의 성공과 두 번의 실패가 있었다. 죄도 여러 번 짓다 보면 죄의식도 옅어지고 습관성이 되어버린다. 영진은 어떻게 해서라도 그 작업을 완성해서 원하는 모형을 기필코 손에 넣을 것을 굳게 맹세했다. 그는 또 돈을 훔치기로 했다.

고샅길 저편에서 얼굴에 검댕칠을 한 넝마주이 한 사람이 걸어왔다. 그는 어깨에 언제나 거대한 대바구니를 짊어지고 다녔다. 지금까지도 영진은 그의 어깨에 붙어 있는 커다란 혹을 떼어낸 그 모습이 잘 그려지지 않는다. 그 바구니의 반영으로 그의 얼굴은 노상 콩알만큼 작게 보였다. 넝마주이는 거뭇한 낯빛에도 불구하고 언제나 얼굴에 선한 미소를 머금었다. 밀짚모자는 구멍이 나서 까만 머리가 보이곤 했다. 그는 큼직한 납빛 집게를 오른손에 거머쥐며 쉴 새 없이 시선을 땅에 박으며 걸어갔다. 길에 떨어져 있는 종이를 집게로 집어 허공 속으로 팔을 휘두르며 정확하게 바구니 안으로 쏙 집어넣었다.

어느 일요일이었다. 햇살이 집요하게 넝마주이의 몸뚱이로 빗발치듯 쏟아졌다. 하늘에는 구름 하나 없이 쪽빛 바다처럼 넓었다. 그날도 넝마주이는 거리에 흩어진 종잇조각을 쉴 없이 거대한 대바구니 속으로 집어넣었다. 왕복 사 차선 도로 위로 차들이 휙휙 날아갔다. 아스팔트 위로 커다란 종이상자가 그의 눈에 띄었다. 제법 돈 될 만한 상자였다. 자동차들은 상자를 짓누르며 맹렬하게 지나갔다. 넝마주이는 집게를 도롯가에 내려두고 차들이 모두 지나가기를 한참 기다렸다. 드디어 한적한 틈을 타서 도로 안으로 첫발을 내디뎠다. 빠른 걸음으로 도로 중앙을 향하여 걸어가 콜타르 바닥을 향해 두 팔을 내밀었다. 두 손으로 상자를 가져다가 가슴께로 안아 들고 뛰었다. 근데 뛰는 도중에 그가 바닥으로 그만 넘어져 버렸다. 모자가 새처럼 날고 거대한 바구니가 나뒹굴고 상자가 날아감과 동시에 무서운 속력으로 달려오는 트럭이 그를 덮쳤다. 순식간의 일이다. 바구니 안에서 흘러나온 종잇조각들은 철새 떼가 근무를 펼치듯 공중에서 휘돌다가 점점이 흩어졌다.

    낭자하게 피가 바닥에 깔렸다. 넝마주이의 피는 흑장미가 아닌 붉은 장밋빛이었다. 도로는 완전히 주차장으로 돌변했다. 동네 사람들이 모여들었다. 동굴 속에서 흑인들이 마구 쏟아져 나왔다. 송화도 그 무리에 끼어 있었다. 그런데 놀랍게도 송화가 은구슬 같은 눈물을 뚝뚝 흘리며 넝마주이에게 아버지, 하며 연신 불러댔다. 그러자 별안간 고교 담벼락 앞에서 돈을 구걸하던 여인이 아기를 둘쳐 업고선 그 무리에서 얼굴을 쑥 내밀었다. 순간 영진은 가슴이 덜컹 내려앉았다. 여인은 쓰러져 있는 넝마주이 앞으로 다가가, 아이고! 송화 아버지, 하며 바닥에 주저앉아 울음을 터트렸다. 등에 업힌 아이는 영문도 모른 채 두 눈만 말똥거렸다.

이럴 수가! 일순 영진은 하늘이 무너져 내릴 것만 같았다. 가슴이 뛰었다. 넝마주이의 죽음 따위는 안중에도 없었다. 송화의 슬픔에 빠져들 겨를마저 없었다. 이내 군중 속으로 몸을 숨긴 영진은 그 여인과 눈이 마주칠까 봐 두려워 슬그머니 그곳을 빠져나와 부리나케 달아났다. 그 여인의 눈의 초점은 죽지 않고 분명히 살아있었다! 영진은 숨이 차올라 뛰는 것을 멈추었다. 똥굴동네에서 조금 떨어진 곳에 미루나무가 하늘을 찌를 듯이 솟아올라 있었다. 작은 손바닥을 흔들며 영진을 오라고 꾀는 것만 같았다. 싸늘한 감촉이 그를 쓱 훑고 지나갔다. 온몸에 소름이 돋아났다. 그 여인이 송화의 엄마라니, 영진은 좀처럼 믿어지지 않았다. 그 여인은 실제로 미친 것이 아니라 미친 척했던 터였다. 한동안 영진은 그 여인처럼 눈의 중심을 잃고 정신이 나간 듯 방향을 잃고야 말았다. 아니, 그 여인은 가짜였지만 영진은 진짜였다. 그때부터 그는 지독한 몸살감기를 앓았다.

송화는 아버지가 죽자 똥굴동네에서 나사렛고아원으로 옮겨졌다. 그녀의 엄마는 송화를 버리고 도망갔다는 둥, 아기와 동반 자살을 했다는 둥, 원래 혈육이 아니었다는 둥 소문이 분분했다. 그렇다고 변한 것은 아무것도 없었다. 전과 똑같이 영진은 송화와 놀지 않았다.

그녀와 영진에게 부여된 그 터부시는 그때까지도 좀체 허물어지지 않는 단단한 벽처럼 굳건히 존재했다. 그 후로는 고교의 담벼락 앞에는 여인과 아기가 사라졌다.

학년이 바뀌고 어느 날부터 채송화의 모습이 보이지 않았다. 송화는 부유한 가정에 입양되어 떠났다. 신분이 상승한 그녀는 이제 또 다른 세계에 사는 부류였다. 미술 시간의 도화지 사건이 떠올랐다. 영진은 떠나기 전에 송화에게 미안했다고, 그리고 고마웠다고 한마디 말이라도 전했으면 좋았을 거라는 아쉬움이 남았다.

똥굴동네에 병풍처럼 쳐진 유년의 놀이터인 야산이 허물어졌다. 굴착기들이 허기진 배를 채우듯 커다란 아가리를 벌리고 산을 갉아 먹기 시작했다. 어느 날 그 자리에는 평평한 땅이 형성되어 있었다. 꽃이 피고 지기를 몇 번을 반복하더니 바둑판 모양의 신작로가 생겼다. 산을 깎은 자리에는 훌륭한 택지가 조성되어 주택들이 들어섰다. 그와 동시에 빈민가도 순식간에 사라졌다. 숯 검댕을 칠한 얼굴들이 뿔뿔이 흩어졌다. 연탄 공장도 옮겨졌다. 공장을 철거한 그 부지가 검은 호수처럼 보였다. 그때부터 영진은 마음이 다소 편안해졌다. 거지를 보면 가끔 고개가 숙어졌다. 육교 위에 엎드려 구걸하는 소년의 깡통에 동전을 던져 넣곤 했다.

세월이 흘러 똥굴동네 자리에는 주유소가 들어섰고 왕표연탄 공장에는 한양아파트가 들어섰다. 그 주유소와 아파트는 세월이 흘러도 영진의 눈에는 여전히 까맸다. 실지로 그 아파트는 타 아파트보다 페인트를 몇 번이나 자주 칠했지만, 검은 재가 고집스럽게 그 아파트에 붙어 다녔다.

이유는 알 수 없지만 놀랍게도 오늘은 과격한 철거 저항 세력들이 한 명도 영진의 눈에 띄지 않았다. 영진은 순간적으로 데모에 적극적인 브래지어를 한 여자들과 상식의 얼굴이 동시에 겹쳐졌다. 다소 소극적인 주민들의 데모는 산발적으로 행해지고 있었지만, 그것마저도 흐지부지되고야 말았다. 그리하여 지금은 철거가 빠르게 진행되고 있었다. 영진의 예상처럼 상식은 나타나지 않았다.

영진이 살던 옛집은 빌라가 낯설게 우뚝 서 있다. 연밭의 자리에는 포개진 연잎들이 끝없이 이어졌듯이 주택이 어지럽게 다닥다닥 붙어 있었다. 멀리서 하늘 아래 충렬사도 보였다. 버스가 안락로터리의 어두운 지하차도 옆을 지나서 빠르게 달렸다. 왼편에는 과거 연탄공장 터의 한양아파트가 여태껏 검은 듯하다. 오른쪽은 동래고교 콘크리트 벽이 잿빛을 띠고 쭉 이어졌다. 담장 밑에서 까만 점이 보이는 것처럼 느껴진다. 영진은 얼른 외면해버렸다.

버스에서 내린 영진은 고교담벼락을 따라 오른쪽으로 돌아서 걸었다. 다시 왼쪽으로 돌아 걷다가, 또 오른쪽으로 도니, 옛날 똥과자 하던 자리가 나왔다. 그곳은 가게가 들어섰다. 소도로는 과거와 별반 달라진 게 없었다. 길을 따라 계속 걸어가니 내성초교가 보였다.

'내성'은 '동래성'이란 의미다. 동래성은 임진왜란 초기, 성을 지키기 위해 부사와 성민들이 힘을 합쳐 결사 항전했으나 끝내 성은 함락되고 부사도 전사하고야 만 아픈 역사가 숨어있는 곳이다. 학교 근처에는 '학소대'가 있었다. 지금은 절이 되었지만. 교가에 학소대가 나오는데 학소대란 학이 사는 곳으로 '동래 학춤'이 유명한 것도 여기서 유래되었다.

구청으로 상식에게서 전화가 왔었다. 그날 내가 술에 너무 취해 미안했다며, 상식은 송화의 폰 번호를 알려주고는 얼른 전화를 끊어버렸다. 영진은 아무런 대꾸도 하지 않았다. 그날 술집에서 상식이 영진에게 송화 편지를 전해주지 않은 진짜 이유를 아느냐고 물었었다. 하지만 영진은 별로 듣고 싶은 맘이 없었기에, 대화의 방향을 다른 데로 틀어서 임대아파트의 당위성을 상식에게 주지시켰다.

"반대 데모는 집단 이기주의에 불과해. 우린 공동체 의식으로 함께 더불어 살아가야만 되는 거야."

"오! 그런나? 한데 니 입에서 그딴 소리 지껄이니까 좀 우습다야. 니가 언제부터 박애주의자가 된노? 니 같은 부류들 정말 밥맛이다. 니 까맣게 잊어버렸나? 어릴 때 너거가 우리하고 놀지도 않았던 거. 송화 편지에 뭐라고 적혀있었는지 니 아나? 그저 본래 니 모습이지. 내가 와 니한테 편지 못 전한지 아나? 질투가 아니라 니 자존심을 지켜주기 위해서였다, 새끼야! 송화는 그 편지를 내가 읽어볼 거라고는 짐작도 못 했겠지. 니한테 송화는 과분하다 자슥아! 편지 내용 알고 싶나? 도화지 사건과 동전 사건에 대해 맘 담아놓지 말라며 끝까지 니를 걱정했어, 인마! 누구나 어릴 적엔 그런 실수를 저지를 수 있다고 하며, 새끼야!"

영진은 상식의 말에 온몸에 식은땀이 났다. 맙소사, 그럴 리가. 송화가 동전 사건을 다 알고 있었다니. 설마! 도저히 믿을 수가 없었다. 어떻게 알았을까? 어쩜 이럴 수가.

상식은 맥주 한 모금 마시더니 또다시 언성을 높이기 시작했다.

"송화와 난 환경이 개떡 같아도 니처럼 가난한 사람 돈 훔치며 비굴하게 살진 않았어. 1톤 트럭에서 장사할 때 송화가 뭐라 했는지 니 아나? 그 많은 사람 앞에서도 똥굴동네, 나사렛고아원 출신이라고 당당히 내게 말했어. 내도 반갑게 맞장구쳤지. 근데 넌 나를 보자마자 내가 고아원 출신이란 걸 여러 사람 앞에서 보란 듯이 말하려고 했어."

영진은 우연히 상식과 마주치는 순간 저절로 나사렛이란 말이 먼저 튀어나와 얼른 입을 다물었던 기억이 났다.

"그게 니 원래 모습이고 세월이 흘러도 안 변했다는 증거야. 물론 난 아무렇지도 않았지만 니 같은 부류들, 남 깔아뭉개면서 은근히 자신을 올리려는 고약한 심보. 내 금방 눈치챘지. 뭐 집단 이기주의? 공동체 의식? 더불어 살아가야 한다고? 나 같이 기댈 데 없는 서민들이 어렵게 장만한 집 한 채 가치가 떨어지는데 니 같으면 가만있겠나? 말이야 바른말이지 일반아파트도 아니고 임대아파트를 들어서게 하려면 그만한 대가를 지급해줘야 할 것 아니가? 미친 새끼! 벙어리가? 와 말 못하노? 말해봐라 이 새끼야!"

영진의 귓가에 상식의 날 선 말들이 쟁쟁거린다.

그와 처음 만난 날, 둘이서 집으로 돌아가는 길에 영진은 상식에게 물었다.

"여기가 옛날에는 논이었지. 생각나?"

"생각나고말고. 너거가 우리를 사람 취급하며 놀아주었던 유일한 놀이터였다 아이가."

태풍이 몰아쳤다. 푸른 들판은 세차게 몸을 흔들며 물결치기 시작했다. 장대비도 쏟아졌다. 비가 온 세계를 덮어버릴 기세로 사흘 동안 쉬지 않고 내렸다. 아이들도 곤충들도 제각기 자기 집으로 숨어버렸는지 아무도 보이지 않았다. 땅에 뿌리를 박고 있는 나무들만이 움직일 수 없어 묵묵히 비를 맞고 있었다. 세상의 모든 소리를 집어삼킨 폭풍우는 기세가 등등했다.

비가 그치고 하늘이 빼꼼빼꼼 얼굴을 내밀자 아이들도 곤충들도 모습을 드러냈다. 냇물과 논물이 불어 황톳빛 강이 되었다. 벼가 물 위로 쓰러져 아예 드러누워 버렸다. 아이들은 바구니와 세숫대야를 들고 지대가 안전한 곳으로 올라갔다. 그곳에는 얕은 물이 흘렀다. 풀들이 물길에 쓸려 몸이 휘어졌다. 물이 아이들의 종아리 부분까지 잠겼다. 여자아이들은 치마를 팬티 고무줄 안으로 넣어 단단히 고정하고, 남자아이들은 바지를 걷어 올렸다.

아이들은 이삭줍기라도 하듯 일렬종대로 서서 흰 종아리를 드러내고 상반신을 굽혔다. 미꾸라지들은 물길에 실려 고향을 떠난 피난민들처럼 다가왔다. 아이들은 일제히 물길의 역방향으로 바구니를 갖다 댔다. 여기저기서 아이들이 기뻐하며 아우성치는 소리가 허공 속으로 울려 퍼졌다. 아이들의 기세에 눌린 듯 바구니에 갇힌 미꾸라지는 오도 가도 못하고 꼼짝없이 대야에 담겼다. 세숫대야에 미꾸라지가 모여들었다. 그때마다 아이들의 유쾌한 웃음도 커졌다.

어느새 쳐다만 보고 있던 똥굴동네 아이들과 나사렛고아원 아이들도 가세하기 시작했다. 아이들의 즐거운 비명은 삽시간에 온 동네로 퍼져나갔다. 아이들은 온전히 하나가 되었다.

영진은 처음으로 송화의 다리가 하얗다는 것을 확인했다. 햇볕에 노출된 부분만 검다는 것도 눈치챘다. 그녀의 긴 머리에 영롱하게 맺힌 물방울이 보석처럼 빛났다. 얼굴빛은 까무잡잡하나 그녀가 정말 예쁘다는 것도 그때 알았다. 송화가 영진을 쳐다보고는 아연히 웃음을 지었다. 영진도 싱긋 웃어 보였다. 그 순간 그녀의 얼굴 위로 무지개가 반원을 그리며 아름답게 떠 있었다.

누가 먼저랄 것도 없이 아이들은 물장난을 치기 시작했다. 손으로 상대에게 물을 뿌렸다. 물줄기는 포물선을 그리며 자신이 아닌 누군가에게로 뻗어나갔다. 물줄기는 점점 부드러운 곡선에서 세찬 직선으로 빠르게 변해 갔다. 아이들의 신나는 웃음소리와 흐르는 물소리가 한데 섞여 거대한 하늘 위로 퍼져나갔다. 표적은 누구라도 좋았다. 영진은 송화에게 집중적으로 물을 뿌렸다. 송화도 하얀 이를 드러내며 영진에게 물을 뿌려댔다. 세숫대야에 담긴 미꾸라지도 즐거운 듯 격렬하게 몸을 흔들어댔다. 어느새 물에 흠뻑 젖은 아이들은 꼭 물에 빠진 생쥐 같았다. 송화의 긴 머리도 물에 폭 젖었다. 그 모습은 마치 목욕하러 하늘에서 내려온 선녀 같았다.

여름이 가고 어언간 가을이 왔다. 황톳빛 강이었던 들녘에는 벼이삭이 영글고 누런 벼가 물결치듯 출렁거렸다. 채송화 꽃잎이 시들고 떨어져 버린 자리에는 까만 씨가 산딸기 모양으로 알알이 모습을 드러냈다. 그 모습조차도 아름다웠다. 그러나 똥굴동네, 나사렛고아원, 호선 마을 아이들은 태풍이 지나간 그때처럼 자연스럽게 어울려 노는 일이 더는 없었다.

영진은 걸음을 옮겨 교문을 지나 학교 안으로 들어갔다. 백 살이 넘은 모교는 힘이 없어 보였다. 거대했던 운동장이 유년의 집 마당만큼 작았다. 잠시 눈을 감고 서서 생각에 잠겼다. 그러다 문득 어느 한

글귀가 가슴을 파고든다.

> 우리는 누군가를 사랑했었고, 사랑할 기회가 있었기 때문에 모두 인간이 된다.*

영진은 어릴 적 저질렀던 잘못에 대해 한 번쯤은 송화에게 용서를 빌고 싶은데, 막상 그녀에게 전화하기가 망설여졌다. 영진은 송화의 전화번호가 적힌 메모지를 만지작대며 폰을 열었다가 미루적거렸다. 추억은 추억할 수 있기에 더 아름답지 않을까. 영진은 송화에게 전화하려는 걸 포기한 채 쓸쓸히 몸을 돌렸다.

학교를 빠져나와 동래시장 쪽으로 걸음을 옮겼다. 그 당시 선생님과 친구들의 집이 간혹 보였다. 친구들이 여기저기서 영진의 이름을 부르며 당장 튀어나올 것만 같았다. 동래시장 부근은 거의 옛날 그대로였다. 가슴 한켠이 푸근해지면서 불현듯 그리움이 한꺼번에 밀려들기 시작했다. 영진은 설레는 마음으로 추억의 '친구 찾기'를 하고 있었다. 그러면서 어쩔 수 없이 철거해야 하지만 과거의 공간을 그대로 보존하고 싶은 마음도 들었다. 영진은, 옛 골목의 미로에서 한참을 서성였다.

* 보리스 파스테르나크의 『어느 시인의 죽음』에서 발췌함.

바라춤

도심을 벗어난 택시는 금정산 숲길을 달리고 있었다. 나뭇잎으로 충총히 둘러싸인 숲은 짙은 그늘을 드리운 가운데 간간이 나무 틈새로 햇빛이 반짝 빛났다. 차 소리에 놀란 참새 서너 마리가 허공을 가르며 푸르르 날아갔다. 그 순간 잔바람에 쓸쓸히 흔들리고 있는 금낭화 한줄기가 석현의 눈앞에 또렷이 다가왔다. 등처럼 휘어진 어여쁜 담홍빛 금낭화. 그는 저만치 멀어져가고 있는 꽃에다 시선을 붙잡고 끝까지 놓지 않았다.

택시에서 내린 석현은 범어사 경내로 들어가 법당으로 향했다. 설법전에는 사람들이 북적였다. 불단 앞의 거대한 상에는 사과, 밤, 대추, 무지갯빛 과자, 절편, 유밀과, 밥, 나물 등속이 차려져 있었는데 음식들은 하나같이 탑처럼 솟아 있었다. 그는 방석을 집어 들어 적당한 곳에 깔고 부처님께 삼배를 올리고는 자리에 앉았다. 고개를 젖혀 천장을 올려다봤다. 부챗살처럼 퍼진 긴 색색 천 위로 원색의 종이꽃들이 줄을 타고 팔랑거렸으며 거북이, 물고기 따위가 위험한 곡예를 하듯 허공에서 흔들거렸다.

바야흐로 천도재가 시작될 참이었다. 가사와 장삼을 두른 수십 명의 스님이 차례차례 설법전으로 들어서자 법당 안이 순식간에 고요해졌다. 석현은 자신의 큰아버지인 무공스님을 찾느라 목을 빼고 눈동자를 재빠르게 움직였다. 어느 순간 백부를 발견한 그는 애 마른 가슴을 억누른다. 불상을 마주한 스님들은 일제히 삼배를 올렸다. 큰스님이 마이크를 잡고 좌중을 향해 입을 열자 수많은 신도가 합장했다.

"오늘 이렇게 많이 와주셔서 감사드립니다. 약 70년 전, 금정구 오륜동과 선동에서 죽은 안타까운 영혼들의 극락왕생을 위한 재입니다. 모두 자리에서 일어나셔서 경건한 마음으로 부처님께 세 절을 올립시다."

석현도 일어나 삼배를 올렸다. 절을 마친 신도들이 다시 제자리에 앉자 큰스님의 염불이 시작되었다. 목탁 소리가 운동장처럼 넓은 설법전에 긴 여운을 남기며 잔잔히 울려 퍼졌다.

"헤아릴 수 없이 많은 법계의 모든 불자가 장엄한 화엄 세계를 함께 누리고 더불어 지혜의 대도량에 들게 하소서… 영가시여 저희가 일심으로 염불하니 무명업장 소멸하고… 생사고해 벗어나서 해탈열반 성취하사… 사대육신 허망하여 결국에는 사라지니 이육신에 집착

말고 참된도리 깨달으면… 옴 삼다라 가닥 사바하 옴 삼다라 가 사바하….”

　큰스님의 염불에 석현은 마음이 착잡했다. 무공스님에게 재 일정을 연락받았다고 요양병원에 입원해 있는 할머니에게 전하니, 니 애비는 죽었고 에미는 재가했으니 니라도 가보라는, 간곡한 부탁에 오늘 이렇게 참석한 것이다. 석현은 이어지는 염불을 듣다가 문득, 할머니한테서 이따금 들어온 지난 이야기들이 생각났다.

　섯골댁은 '섯골' 마을에서 태어나 '호선狐仙' 마을로 시집을 갔다. 섯골은 호선 사람들이 그렇게 불렀지만 사실 서곡書谷마을이다. 호선은 안락서원에서 가까운 부산 동래구 안락2동이고, 서곡은 금정구 서동과 금사동의 경계지점이다. 서곡은 선비들이 공부하는 곳인 서원의 골짜기란 뜻으로 그 골에는 언제나 맑은 냇물이 흘러내렸다. 그 물줄기가 천을 따라 바다까지 이어졌는데, 그 천변에 쌓인 모래가 눈부시게 아름다워 사람들은 그곳을 '금사'라 불렀다. 하여 금사동은 금빛 모래란 의미가 담겨 있다 하겠다.

　섯골댁은 제법 유복한 가정에서 그 금빛 모라를 밟으며 자라났다. 일본에서 해방된 이듬해에 섯골댁은 혼인했다. 공민학교 선생으로 야간대학을 다니고 있던 남편은 늠름하고 똑똑하고 자상하기까지 했다. 게다가 문학을 사랑하고, 4개 국어를 구사할 수 있었으며, 밥은 굶어도 책을 사서 읽을 정도로 책을 좋아한 사람이었다. 언젠가 남편이 섯골댁에게 책을 주며 독서를 권유하자, 그녀가 읽기 싫다며 책을 휙 던져버려도, 그냥 씩 웃을 뿐 아내에게 책 읽기를 강요하지 않았다. 그때까지만 해도 섯골댁은 불행의 그림자가 자신에게 드리워질 거라곤 상상조차 하지 못했다.

6·25전쟁이 터졌다. 순식간에 인민군들이 쓰나미처럼 전국을 초토화하며 남으로 빠르게 진격해왔다. 어느 날 집으로 들이닥친 순경이 다짜고짜 소리쳤다.

"빨갱이 서택수 어디 있어?"

"동쌩은 씨방 나가고 없는데 혹시 뭔가 잘못 알고 온 게 아임미꺼? 내 동쌩은 그런데 가담할 사람이 아임미더."

섯골댁의 시숙은 담담하게 말을 건넸다.

"가담하고 안 하고는 서택수를 체포하면 곧 밝혀질 것이고 일단 오늘은 당신을 동생 대신으로 체포하겠소. 나중에라도 서택수를 경찰에 넘기면 당신은 당장 석방될 것이오."

순경은 일말의 자비심 같은 건 베풀 의향이 없다는 투로 냉혹하게 내뱉고는 시숙을 끌고 가버렸다. 남편이 집을 나간 지 이레 만에 남의 눈을 피해 한밤중에 돌아왔다. 그리고는 심각한 표정으로 현재 돌아가고 있는 긴박한 국내 상황을 식구들에게 고스란히 전했다.

"당신 참말로 부처님께 맹세할 수 이씸미꺼?"

"맹세해."

"그라믄 무씬 이유로 경찰에서 당신을 빨갱이로 생각하능교?"

"대학은사님이 사회주의자라 한때 그 이론에 혹해서 빠져든 적은 있었어. 하지만 공산당에 가입하거나 활동한 적은 결코 없었어. 지금 택모 형과 택식이 형도 남로당이나 보도연맹에 가입한 적이 없는데 잡혀갔어. 잡히면 무조건 사형시킨다는 말이 돌고 있어."

섯골댁은 무슨 뜻인지 다 이해할 수는 없었으나 남편에게 믿음은 갔다. 하여 시어머니, 손윗동서와 의논한 끝에 남편을 뒷산의 오두막으로 피신시키기로 했다. 한편, 시숙은 흠씬 두들겨 맞아 피범벅이 된 채, 쓰러질 것 같은 몸을 이끌고 경찰서로 잡혀간 지 사흘 만에 돌아와 그동안 겪은 일을 토해냈다.

'택모야, 니 보도연맹에 가입했더나?' '아임미더 행님! 가입 안 한 사람들도 많이 잡혀왔심미더. 지는 우리학교 교장이 공산주의자인데 친하게 지냈다는 이유로 잡혀왔심더. 지금 상황이 억쑤로 심각함미더. 갑자기 인민군이 내려오는 바람에 이승만 대통령이 부산으로 안전하게 정착하려는 조처로, 째깨라도 의심되는 자들을 젠부 죽여 없애라는 명령이 떨어졌다는 얘기가 나돌고 있심미더. 하여 대부분 억울하게 잡혀왔심미더. 근데 이놈들에게는 아무리 설명을 해봐도 씨도 안먹킴미더. 택수도 잡혀 오면 마 죽은 목숨이라예. 지도 잘 알고 있을 겁미더.' '그런 뱁이 어딘노. 아무리 그러키로니 가입도 안 한 이들까지 죽이면 되나?' '행님, 씨방 무법천지지 법이 어디 있심미꺼. 택수는 잘 피해 있어야 될 낀데 걱정임미더. 택수가 안 잡혀도 행님은 아무 상관없으니 아마 나가게 될 겁미더.' '내사 참말로 택수가 어디 있는 줄 모른다 아이가.'

사흘째 잡혀 있던 시숙은 화가 난 나머지 눈을 부라리며 경찰에게 항의했다. '죄 없는 사람을 이리 가둬놔도 되는 겁미꺼? 지가 동쌍을 숨기고 있다는 증거라도 있심미꺼?' '이놈이 어디서 감히 행패야? 빨갱이 형 주제에 맛 좀 봐야 정신 차리겠어? 이놈을 당장 끌어내!' 상관의 명령에 직속 부하 두 명은 시숙의 양팔을 잡아채 유치장에서 끌어냈다. 도착한 곳은 고문실이었는데 실성한 사상범 세 명이 고개를 숙이고 양손을 결박당한 채 의자에 앉아 피를 철철 흘리고 있었다. 상관이 올라가라고 고함을 지르자 시숙은 몸을 떨며 순순히 열십자로 뻗은 나무판 위로 올라가 바닥을 보고 누웠다. 그러자 부하 두 명이 시숙의 팔목과 발목을 끈으로 목대에 단단히 묶고는 몽둥이로 엉덩이를 사정없이 내리쳤다.

어느 날 사촌 동서가 숨을 헐떡이며 뛰어와 섯골댁에게 열쇠를 건네며 말했다. '썽님, 머슴이 산속으로 음식을 갖다 나른다는 소문이 나돌고 있서예. 아주버님을 서면의 우리 빈 사무실로 속히 피신시키

시이소.'

그날 밤 머슴은 사람들의 눈을 피해 뒷산으로 올라갔다. 머슴이 올 때까지 섯골댁은 안절부절못했다. 결국, 얼굴이 사색이 되어 돌아온 머슴은 손으로 눈가를 몇 차례 찍어대며 일어났던 일들을 소상히 전했다.

"산짐승처럼 버티고 있는 어둠을 헤치고 걸음을 속키 떼어내 오두막에 다다르자 갑자기 인기척을 느꼈심미더. 해서 지가 얼른 나무 뒤로 몸을 숨겼는데 '꼼짝 마! 서택수!'란 말이 밤공기를 뚫고 지한테 날아왔심미더. 소총이 작은 서방님의 뒤통수를 겨냥했어예. 지가 숨을 죽였심미더. '잘못알고 오셨습니다. 전 공산주의자가 아닙니다.' 서방님이 말씀하시자 순경이 입닥치라고 소리를 질렀심미더. 지는 순경에 끌려가는 모습을 그냥 울멘서 지켜만 볼 뿐 지가 할 수 있는 일이란 아무것도 없었심미더. 지송함미더."

섯골댁은 남편과 함께 친정으로 첫나들이를 갔다. 호선에서 서원을 지나 한참 걸어가니 저 멀리 금사 천변의 금빛 모래가 찬연히 빛났다. 그때 남편은 그녀를 내려다보며 난데없이 물었다.

"당신은 호선이란 지명이 어떻게 해서 생겼는지 알아?"

"몰라예. 지가 어째 알겠능교."

"옛날 호선에는 여우가 모여 살았지. 호선은 여우가 수천 년 동안

도를 닦아 신선이 되었다란 뜻이야. 신선이란 속세를 떠나 도를 닦고 자연과 벗하며 살아가는 사람이야."

"그라카믄 옥봉산에 깊이 들어가면 여씨(여우)가 나오겠네예. 내사 인자 무씨버서 뒷산에 혼자서는 못가겠심미더."

"하하. 그런가. 암튼 이런 유래로 호선이란 지명이 생겼고 호선에는 지금까지 서씨, 왕씨, 최씨가 집성촌을 이루며 살고 있지. 이는 고려가 멸망하자 이곳으로 숨어들었다는 설이야. 서씨는 고려의 문벌 명문가 집안이고, 최씨는 최영 장군의 후예이고."

"그래예? 그건 그러코예, 썽님이 앞산에 무덤이 구천 개나 된다카데예, 그 말이 참말임미꺼?"

"암 그렇지. 앞산에 구천의 묘가 생기면 조선이 일본에서 해방된다고 무정리 절 스님이 예언했는데 묘하게도 딱 맞아떨어진 게지. 하여 그 산 이름을 구천묘 산이라 부르게 되었어."

"호선은 와 이리 요상한 동네임미꺼. 내싸 씨방 시집을 잘못 온 거 같네예."

"그래? 그럼 이제 어쩔 건데? 물릴까?"

남편은 사람 좋게 씩 웃었다. 섯골댁도 풋 웃어버렸다. 어느덧 두 사람은 섯골에 다다랐다. 그때 금낭화 한 떨기가 우연히 섯골댁의 눈에 들어왔다. 그녀는 가던 길을 멈추고는 비단 복주머니 모양의 금낭화 꽃잎을 손등으로 어루만졌다. 그리고 활처럼 휘어진 줄기를 따라

고개를 가지런히 숙인 분홍빛 꽃잎을 가만히 응시했다.

"되기 이쁘지예."

"그래. 당신 닮았네. 근데 이 꽃 이름 알아?"

"지가 어찌 알겠어예. 그라믄 당신은 아심미꺼?"

"알다마다. 금낭화란 꽃이지."

"어째 당신은 모르는 게 없심미꺼? 내 냄핀이지만 진짜로 똑똑함미더예."

남편이 빙긋이 웃으며 섯골댁을 살며시 끌어안았다. 그러자 그녀의 얼굴이 금낭화처럼 볼그름히 물들기 시작했다.

큰스님의 염불 소리에 석현은 회상에서 깨어났다. 이따금 할머니는 할아버지가 생각날 때마다 금낭화를 떠올리곤 했다. 석현은 큰스님의 극락왕생 발원문에 귀를 기울였다.

"지금 지극정성으로 고혼천도를 발원하는 재자들이 복을 입고 돌아가신 님들의 영가를 천도하오니 이 인연공덕으로 남방화주 대원본존 지장보살님 가피의 묘력을 입어 여러 겁의 생 이래로 지은 죄 업장이 모두 소멸되어 명로를 밟지 아니하고 곧바로 극락세계로 가서 상품상생 하도록 대발원하옵니다. 원하옵고 원하옵니다…."

여러 영가를 천도하는 천혼문을 들으며 석현은 몇 차례 합장했다. 그 순간 눈가가 젖은 듯한 큰스님을 발견했다. 큰스님은 무공스님의 스승이다. 그 당시 백부는 할머니의 필사적인 애원을 뿌리치고 결국 스님을 따라갔던 것이다.

"섯골썽님! 씨방 퍼떡 한길에 나가보이소! 추럭들이 지남철처럼 붙어서 서쪽으로 가고 있다 아임미꺼. 속히요 속히."

사촌 동서는 숨넘어가는 소리를 치며 대문 안으로 들어섰다. 그 말을 듣자 섯골댁은 마당에서 놀고 있는 딸과 아들 손을 잽싸게 붙잡고 거리로 들입다 뛰쳐나갔다. 신작로에는 사람들을 가득 실은 트럭이 기차처럼 이어져 끝도 보이지 않았다. 트럭에 빼곡히 실린 좌익사범들은 마치 콩나물시루 속에 콩나물이 서 있듯 하나같이 고개를 숙인 채 포승줄에 손이 꽁꽁 묶여 있었다. 강렬한 태양의 빛줄기가 사정없이 그들을 향해 쏟아졌다.

"아이고 마 어지 아침과 저녁에는 동쪽으로 수십 대가 지나갔고 오늘은 서쪽으로 백 대나 지나간다카데예. 인자 우짜면 존노. 어지 서건덤동씨와 사모실동씨 냄핀도 죽었따아임미꺼. 그놈의 빨갱인지 뭔지는 몰라도 생사람들 다 잡슴미더예. 이를 우짜노."

옆에서 사촌 동서의 울부짖는 소리를 들으며 섯골댁은 행여나 남편을 볼 수 있을까 가슴을 졸이고는 트럭에 실린 이들을 샅샅이 살펴봤다. 눈치 없게도 눈물이 자꾸만 시야를 가로막았다. 동네 사람들이 하나둘 모여들더니 어디선가 나타난 팔촌 동서는 울먹이며 섯골댁에게 말을 건넸다.

"어지는 산살미산(해운대 장산)에다 뺄갱이들을 모아놓고 총으로 쏘아 젠부 직있따카데예. 오늘은 범어사 어데쯤에 부려놓고 모조리 직인다안함미꺼. 어짜면 존노. 아이고 이게 무씬 소린지. 다들 보도연맹인가 남노당인가 가입도 안했다카던데 대체 어찌된 영문인지 모르겠다 아임미꺼."

"아이고! 큰집 큰썽님과 섯골 싸안떼기(안사돈)가 얼메나 멤이 아플꼬. 와 큰썽님과 큰조카하고 큰며느리는 안 나왔노? 아이다 마 안 보는 기 맞다. 보면 억짱이 무너질꺼 아이가. 이를 어짜면 존노."

옆에 서 있던 뒷골 숙모는 섯골댁의 시어머니와 친정어머니를 걱정하는 소리를 내뱉으며 소맷부리로 눈물을 훔쳐냈다. 그때 별안간, 섯골댁의 아들이 외쳤다.

"어무이요. 저기 울 아부지가 있씸미더. 아부지요! 아부지요!"

아들의 고함에 놀란 섯골댁은 아들의 손가락 끝을 가리키는 쪽으로 고개를 돌렸다. 남편은 자신을 부르는 소리를 들었는지 얼굴을 들고 딸과 아들을 일별한 후 곧장 섯골댁을 쳐다봤다. 근데 남편과 섯골댁의 눈이 서로 마주친 그 찰나, 순경이 개머리판으로 남편의 머리를 난폭하게 가격하며 소리쳤다.

"이 뺄갱이새끼, 고개 들지 말라고 했지! 당장 대가리 숙여!"

이내 목을 꺾은 남편의 머리에서 핏물이 주르륵 흘러내렸다. 그러자 땟국이 흐르는 그의 셔츠에 벌겋게 얼룩이 졌다. 그 모습을 목격한 섯골댁은 억장이 무너지는 것만 같았다. 속수무책으로 울음을 터트리는 일 외에는 그녀가 할 수 있는 일이라고는 아무것도 없었다. 섯골댁은 딸과 아들을 부둥켜안고 멀어져가는 트럭을 바라보며 울어댔다. 가까이 있는 친척들도 모두 눈물을 흘리며 흐느꼈다. 남편과 시선이 마주쳤을 때 그의 눈에서 흐르는 눈물을 보았기에 섯골댁은 더더욱 가슴이 쓰라렸다. 트럭은 줄줄이 행렬 탓인지, 사람을 너무 많이 실은 탓인지, 속도를 맘껏 내지 못하고 서서히 멀어져갔다.

할아버지가 경찰서로 잡혀간 이후로 큰할아버지는 몇 차례 경찰서를 방문해 아무리 동생의 무고함을 호소해봤지만, 소용이 없었다. 할아버지는 물론 희생당한 친척들도 남로당이나 국민 보도연맹에 정식으로 가입한 적이 없었기에 남은 가족은 연좌제로부터 자유로웠다. 하지만 없는 죄도 만들어내는 세상이었기에 가족들은 혹시나 하고 불이익이 두려워 그 사건에 대해 입 밖에도 내지 못하고 오랜 세월을 견뎌냈다. 지식층인 그들은 한때 사회주의 이론에 혹해서 빠져든 적은 있었으나 해명 따위가 아무런 힘을 발휘하지 못했던 터였다.

할아버지가 죽고 유복자가 태어났다. 큰 조부모는 혼인한 지 몇 해가 지났으나 자식이 없었다. 백부와 고모는 조부모의 호적에 올라가고 종갓집이라 유복자인 아버지는 큰 조부모의 호적에 입적되었다. 선대의 재산이 좀 있었던지라 생활이 몹시 어렵지는 않았다. 백부의 출문한 사연은 이랬다.

 섯골댁은 간밤에 기이한 꿈을 꾸었다. 남편의 시신이라도 찾을까 해서 큰아들과 함께 금정산으로 올라갔다. 두 사람은 범어사의 대웅전으로 들어가 향불을 피우고 절을 올린 후 절 경내를 벗어나 삽과 곡괭이로 땅을 정신없이 헤집고 돌아다녔다. 그대 별안간 스님 한 분이 그들 앞에 나타나 이렇게 말했다. '금정산의 금샘바위에 올라가 불공을 드리세요.' 놀란 섯골댁은 그 연유가 뭐냐고 물었다. '이유는 묻지 말고 가보시면 저절로 알게 될 겁니다. 인간은 결코 운명을 피해갈 수 없는 일이지요.'라는 말을 건네고 스님은 사라져버렸다.
 "씨님! 씨님!"
 "어무이요. 무씬 꿈을 꾸었심미꺼?"
 큰아들은 잠꼬대하는 섯골댁의 몸을 흔들었다. 잠에서 깨어난 그녀는 땀을 줄줄 흘리며 한동안 멍하니 천장만 바라보다가 비로소 입을 열었다.
 "요상타. 억씨기 요상하데이. 꿈에 씨님 한 분이 나타나 내한테 금정산 금샘바위로 올라가 불공을 드리라안카나. 그라카고는 사라졌뺏는 기라. 무씬 꿈이 이런노. 어짜면 좋겠노."
 "어무이가 아부지 돌아가시고 몸이 마이 안조아서 그런 것 갔심미더. 인자 아부지 잊어삐리시는 게 좋을 것 갔심미더. 고만 멤 펜히 하이소."

"그게 아이데이. 내도 너거 아부지 보낸 지 다섯 해를 넘간는데 인자 젠부 잊어삐렸는 기라. 근데 씨방 꾼 꿈이 되기 요상타 아이가. 내 멤이 자꾸 와 이런노. 내일 고일이라 핵교 안가제? 니하고 내하고 금정산에 한번 가봐야 내 멤이 편할 거 같다."

"어무이 멤이 정 그럿타카몬 내일 가보입시더."

아침을 먹고 섯골댁과 큰아들은 점심 도시락을 싸서 들고 집을 나섰다. 동래역까지 걸어가 그곳에서 전차를 타고 온천장역에서 내려 금정산을 올랐다. 땀을 뻘뻘 흘리며 가다가 쉬다가를 반복해 이윽고 목적지 부근에 도달했다. 산봉우리에서 등성이를 따라 죽 이어지다 돌출한 바위 무더기가 보였다. 그 가운데 한 대석이 거대한 하늘을 이고, 우뚝 솟아 있었다. 한데 그 옆에 돌부처 하나가 오롯이 가부좌를 틀고 앉아 있는 게 섯골댁의 눈에 띄었다.

"저기 뭐꼬? 씨상에 꼭 진짜 사람멩쿠로 앉아 있네."

"어무이요. 돌부처가 아니고 진짜 사람 맞심미더."

"야가 씨방 무씬 소리하노. 저기 어째 사람이고."

"일단 가까이 가보입시더."

그들은 우물 모양의 금샘바위로 조심스럽게 다가갔다. 섯골댁은 예전에 남편이 말해준, 바위 정수리에는 항시 물이 고여 있어 가뭄에도 마르지 않았다고 하는, 납득할 수 없는 금샘의 유래가 생각났다. 돌부처는 편편한 바위 위에서 꼼짝도 하지 않았다. 그때였다.

"나무아미타불! 관세음보살!"

"으아악! 어마야!"

"여기까지 오시느라 애 많이 썼습니다."

그들은 소스라치게 놀라며 소리를 내지르자 스님이 일어나 합장하며 말했다. 꿈속에서 본 스님과 얼굴이 비슷해 섯골댁은 어안이 벙벙했다.

"보살님의 아드님과 저는 전생에 범어사에서 불도를 닦다 지계하지 못하고 파계한 중이었지요. 우리는 못다 한 불교의 도를 닦아야만 합지요. 아드님은 불가에 귀의하여 윤회의 수레바퀴에서 벗어나 반드시 멸도에 이르셔야 합니다."

스님이 너무나 태연한 목소리로 느닷없이 읊조리자 섯골댁은 한순간에 귀신이 곡할 일이 벌어졌다고 생각한다.

"안됩미더! 이 아인 내 냄핀이나 마찬가지임미더!"

얼토당토않은 스님 말에 섯골댁은 어린아이처럼 도리질을 치며 소리쳤다. 남편까지 잃은 마당에 큰아들까지 자신의 곁을 떠나게 할 수는 없는 일이었다.

"보살님! 이 속세에서는 영원한 게 없는 법이고 생멸의 경계도 알 수 없답니다. 만약 이 아이가 도를 수행하지 못할 시는 죽음과도 유사한 일들을 수없이 경험하게 될 것입니다. 이 아이의 타고난 운명입지요."

스님의 가당찮은 말을 섯골댁은 도저히 믿을 수가 없었다.

"어무이요. 지는 저 스님의 말을 따르겠심미더."

큰아들은 섯골댁의 의사를 무시하고 스님 뜻을 따르겠다고 과감하게 선언했다.

"니가 씨방 지정씬으로 말하는 기가?"

"용서하이소 어무이요. 무씬 일인지는 몰라도 꼭 그리해야만 될 것 갔심미더."

섯골댁은 큰아들의 결심이 장난이 아닌 것 같았다. 아직 열 살밖에 되지 않았는데 어디서 저런 옹골참이 숨어 있었는지 자못 의아스러웠다. 또 한편으로는 간밤의 꿈도 그렇고 말로는 도저히 설명할 수 없는 그 무엇인가가 있을 것만 같은 심정이 들기도 했다.

큰스님은 귀에 익은 천수경을 염불하기 시작했다. 석현은 다시 염불에 집중했다.

"⋯⋯⋯⋯수리수리 마하수리 수수리 사바하⋯ 나무 사만다 못다남 옴 도로도로 지미 사바하⋯⋯⋯⋯."

큰스님의 천수경이 길게 이어지자 석현은 다시 지난날을 소환했다.

그리하여 결국, 백부는 출가해서 금샘바위에서 만났던 그 스님 밑에서 도를 닦았다. 할머니의 충격 때문인지 아버지는 태어나서부터 몸이 약했기에 약을 달고 살다가 석현이 태어난 그 이듬해에 돌아가셨다. 어머니는 세 돌이 지난 석현을 두고 재혼했다. 석현은 어머니의 선택을 존중하며 이해했다. 일주일에 한 번쯤로 어머니가 석현을 보러 왔기에 그리움 같은 건 별 느끼지 못하고 자라났다.

　지금에 와서 곰곰이 생각해보니 금샘에 대한 유래도, 호선과 구천묘 산의 유래도, 할아버지의 죽음도, 할머니의 꿈이 맞아떨어진 것도, 그리고 무공스님과 큰스님과의 인연 등 모두 믿어지지 않으나 이 세상은 도저히 논리적으로 설명할 수 없는 그 무엇인가가 존재하고 있는 듯한 그런 느낌이 들었다. 또 사람의 정해진 운명이란 그 누구도 거스를 수 없다는 것을 받아들임으로써 고통 따위도 묵묵히 체념할 수 있을 것만 같은 심정이 들었다.

　언젠가 석현은 무공스님을 만나기 위해 범어사를 방문했다. 두 사람은 한참 이런저런 이야기를 나누며 금정산을 걷고 있는데 때마침 금낭화가 바람에 흔들리고 있는 걸 발견하자 백부가 할머니와의 일화를 들려줬다.

"어머니. 이 꽃 참으로 아름답죠?"
"그럿째. 금낭화 아이가. 되기 곱째?"

"아니, 어머니가 어떻게 이 꽃 이름을 다 아세요?"

"와, 내는 이딴 꽃이름을 알면 안 되는 기가?"

"그게 아니라…."

"이전에 너거 아부지하고 친정 나들이 갈 때 이 꽃을 보았다 아이가. 그때 너거 아부지가 내 닮았다 하멘서 내한테 갈켜안줬나. 너거 아부지는 이 씨상에 모르는 게 없는갑더라. 아는 것도 많고 얼메나 똑똑한지. 멤씨도 하늘같고." 살가웠던 남편 생각 때문인지 어머니는 눈시울을 적시며 "빠듯한 살림에도 불구하고 너거 아부지는 내를 연극과 극장 구경도 틈틈이 데리고 다녔던 착한 남편이었다 아이가." 하며 말을 이었다.

"그렇군요. 그럼 이 꽃말을 알아요?"

"그거까지야 내가 우째 알겠노."

"'당신을 따르겠습니다.'란 뜻을 지니고 있어요."

그 말에 어머니가 갑자기 펑펑 울며 말했다.

"그런나. 내사 그런 이미가 있는 줄 몰랐네. 그때 너거 아부지가, 이전에는 안락2동을 호선이라 했다카멘서 여씨(여우)가 도를 닦아 신선이 되었다고 호선이라 했다고 그라카더라. 그라고는 여씨 나오는 산골 이바구를 해줬다 아이가."

"그랬군요. 어머니는 저보다 안락동에 대해 많은 것을 알고 있군요."

"그야 니가 씨님이 되어 내하고 이바구할 시간이 없어서 그랬다 아이가. 니 동쌩은 다 알고 있는데."

"그러네요. 근데 어머니가 여우 나오는 산골 얘기를 하니 갑자기 시 하나가 떠오르네요."

"무씬 시고? 그라고 니가 요새 시를 썬다카던데 참말이가?"

"그냥 가끔 긁적이고 있습니다."

"너거 아부지도 시를 째깨 썼다 아이가. 내보고 읽어보라고 몇 번 보여주던데 내사 뭘 아나. 그건 그렇고 여씨 나오는 시 한번 읽어바라. 들어보고 짐네."

어머니의 지나친 호기심에 무공은 목소리를 가다듬고 낭독하기 시작했다.

이름 없는 여인이 되어

어느 조그만 산골로 들어가 나는 이름 없는 여인이 되고 싶소.
초가지붕에 박넝쿨 올리고 삼밭엔 오이랑 호박을 놓고
들장미로 울타리를 엮어 마당엔 하늘을 욕심껏 들여놓고
밤이면 실컷 별을 안고 부엉이가 우는 밤도 내사 외롭지 않겠소.
기차가 지나가 버리는 마을 놋양푼의 수수엿을 녹여 먹으며
내 좋은 사람과 밤이 늦도록 여우 나는 산골 얘기를 하면
삽살개는 달을 짖고 나는 여왕보다 더 행복하겠소.

"시가 와 이래 설푸노. 그때 너거 아부지가 여씨가 살았던 호선의 산골 이바구 하멘서 재미나게 오래오래 같이 살자꼬 했는데…."

어머니는 갑자기 설움이 북받쳤는지 말을 잇지 못했다.

"이 시는 노천명이란 여자 시인이 몇 개월 감옥살이할 때 현실을 혐오하며 지은 시입니다. 조선 청년들에게 대동아전쟁에 나가라는 시를 썼기에 친일파 시인으로 낙인찍혔지요. 그분은 평생 독신으로 살다가 병으로 40대에 죽었지요."

"그런나. 근데 와 옥쌀이 했노? 그라고 뭐땀쎄 결혼도 안 하고 혼자 살았노?"

"공산주의를 찬양하는 시를 읊었기 때문입니다. 그리고 결혼 안 한 이유는 모르겠어요. 무슨 사연이 있었겠지요. 저도 혼자 사는데요 뭐."

"그 여자는 운도 좋다. 너거 아부지는 옥에서 못 나오고 주겄는데…. 니가 아무래도 너거 아부지와 외할베 피를 물러받았는갑다. 이전에 어느 행토핵자가 섯골 외갓집에 찾아와 금정산 바위에 너거 외할베와 선비들 이름이 새겨져 있따고 퀜는갑더라. 외할베와 선비들이 금강공원 어디쯤 모여 시조를 읊고 풍류를 즐기고 친목을 도모했다는 기라. 그라고 그 행토핵자가 엔놈(왜놈)이 동래 양반을 격하시킬라꼬 부산시라 했다카면서 '동래시 부산구'로 해야한다고 그라카더라. 너거 외할베는 유핵자로 안락서원에서 학문을 익혔던 선비인데다 유림회 회장까지 했다 아이가. 그라고나서 외갓집 식구들과 내하고 가서 그 바위에 절을 하고 했는데 거기가 어딘지 당최 모르겠다 아이가."

"그런 일이 있었군요. 제가 시간 나면 한번 알아볼게요. 한데 어머니는 왜 재혼하지 않으세요? 큰집에서 동생들을 잘 키워줄 텐데요."

"너거 아부지 놔뚜고 내사 못간다 아이가. 그러케 어진 냄핀을 어째 이자뿌겠노."

어머니는 또 한 번 흐느끼고는 한참 만에 입을 열었다.

"그건 그럿코 니는 불제자가 된 기 존나? 진짜로 후회 엄는 기가?"

"한 번씩 어머니 생각하면 가슴이 저려오는데 그것 말고는 편해요."

"내사 편하다는 니말이 거짓말 같다. 음양의 조화도 구경 못 하고 무슨 낙이 있을까 싶다만, 니 눈빛과 낯빛은 볼 때마다 억쑤로 맑고 깨끗한데도 에미라서 그런지 그 눈과 얼굴을 대하는 기, 차마 말조차 끄집어낼 수 없을 정도로 가슴 한구석이 아프다 아이가."

석현은 회상에서 깨어나 생각에 잠긴다. 아직 과거사는 완전히 청산되지 않았다. 일제에 빌붙어 부와 권력을 누렸던 군인과 경찰들이 그러하다. 그들이 민간인학살을 잔인하게 주도했을지도 모른다. 창이 턱을 뚫고 들어가 정수리로 관통해 나온 두개골이 회동 수원지 부근에서 발굴되었는데 그들은 사람들을 그토록 잔인하게 죽였다. 더군다나 훤한 대낮에 민간인을 학살 현장으로 끌고 가는 수많은 트럭은 사람들에게 공포감을 불러일으키기에 충분했다. 이는 무소불위의 권력에 입 닥치고 순종하라는 경고임이 분명했다. 늦었지만 친일작가들이 밝혀진 것은 다행한 일이다.

 백부의 부탁으로 석현은 약 한 달가량 시간이 날 때마다 금강공원을 샅샅이 살펴 외증조부의 이름이 새겨진 바위를 겨우 찾아냈다. 대략 스무 명의 선비들 이름이 새겨져 있었는데 오래되어 이름도 희미했다. 사진을 찍어 할머니에게 보여줬더니 무척 좋아하시던 모습이 떠오른다.

 드디어 천도재가 막바지에 접어들고 있었다. 다음 순서는 범어사 스님들의 바라춤이었다. 양손에 바라를 든 스무 명의 스님들은 불단 앞에 두 줄로 나란히 섰다. 백부는 맨 앞줄의 가운데쯤 서서 하얀 장삼에 붉은 가사를 두르고 있었다. 무공스님은 나이를 전혀 가늠할 수 없는 무구한 얼굴이었다. 게다가 표정도 도시 읽어지지 않았으며 낯빛은 하얬고 파르스름한 민머리가 흐린 불빛에 희미하게 반짝였다.

 음악이 울려 퍼졌다. 곡조는 서글펐다. 스님들이 위로 향해 양손을 번쩍 쳐들자 40개의 둥근 바라가 허공 속으로 일제히 솟아올랐다. 음악에 맞춰 스님들이 몸을 빙글 돌리자 하얀 장삼 자락이 출렁

회오리쳤다. 그와 동시에 그들은 두 손을 힘껏 마주쳤다. 서로 부딪친 두 바라가 쨍하고 소리를 토해내자 쇳소리가 법당을 우렁차게 한번 흔들고는 얼마간의 여운을 남기며 사라졌다. 스님들의 몸이 두세 바퀴 팽그르르 돌아가자 장삼과 가사도 덩달아서 나비처럼 춤추듯 돌아갔다. 바라도 팽이처럼 뱅글뱅글 휘돌았다. 또다시 바라가 짱짱짱 세 번에 걸쳐 울음을 길게 토해냈다. 이번엔 꽤 묵직한 쇳소리가 긴 여운으로 머물다가 슬픈 곡조 속으로 유유히 침잠해 들어갔다.

스님들은 이제 일시에 정지된 상태에서 바라를 서로 마주쳤다. 그러다가 간헐적으로 바라를 맞부딪치게 했다. 음악과 함께 점점 미묘한 음을 만들어냈다. 슬픈 듯하면서도 기쁜 듯, 불안한 듯하면서도 편안한 듯, 음습한 듯하면서도 경쾌한 듯. 석현은 묘한 세계로 빠져드는 느낌마저 들었다. 스님들은 둥글게 원을 그리며 어지럽게 몸을 빙빙 돌리며 춤을 추었다. 장삼 자락이 펄렁거리며 공중을 날아다니는 것만 같았다. 휘감기는 옷자락 사이사이에 슬픈 음률이 깊숙이 스며들었다. 이따금 울리는 바라 소리는 억울한 영혼들의 피맺힌 절규처럼 들렸다. 울음소리는 점차 거세져 갔다. 울부짖는 소리는 법당을 울리고 사람들의 심금을 울리고는 저편 금정산 끝자락으로 사라졌다. 무공스님의 이마에 땀이 총총 맺혔다. 그러자 땀인지 눈물인지 물방울이 가사 위로 툭툭 떨어져 내렸다. 붉은 가사에

얼룩이 생겼다.

"모든 부처님의 대광명과 법계에 가득한 불보살을 항상 뵙게 하시어 한량없는 중생의 죄업을 소멸케 하시고 끝없는 대지혜를 얻어 지니게 하소서. 나무아미타불…."

큰스님의 발원문이 아득히 들려오다 멀어져갔다. 저 멀리 손을 흔들며 빙그레 웃고 사라지는 듯한 할아버지 모습이 석현의 눈에 흐릿하게 보였다.

구름바다, 모래성

*

　태풍이 불어 닥치자 며칠 전부터 어부들은 조업을 중단했다. 하루하루 고기를 잡아 살아가는 어부들은 생계까지 걱정해야 할 판이었다. 준서 가족은 우리 집에 세 들어 살았는데 준서 아버지는 어부고 엄마는 무녀였다. 우리 집 중심으로 원을 그리며 일곱 가구가 세 들어 살았다. 그중에 네 가구의 가장이 어부로, 준서 엄마를 제외한 그 부인네들은 해운대 시장에서 남편이 잡아 오는 생선을 팔았다. 하여 세 들어 사는 사람들은 태풍으로 인해 며칠째 하늘만 쳐다보고 한숨만 내쉬었다.
　준서와 나는 그날 아침을 먹고 매서운 해풍을 맞으며 바닷가로 나갔다. 신발에 밟히는 모래의 감촉이 여느 때보다 촉촉하게 전해져 왔다. 바다는 성이 난 듯 거세게 물결치고 거대한 파도가 지붕 높이만큼 솟구쳐 올랐다. 우리는 좀처럼 볼 수 없었던 그 위용에 놀라, 와 하고 고함을 지르고 까르르 웃으며 미포 쪽으로 뛰어갔다. 그 많은 갈매기는 어디로 숨어들었는지 한 마리도 보이지 않았다. 사람들도 없었다. 이 넓은 세상에 우리 둘만 남겨진 듯 이상한 기분이 들었다. 우리는 갑자기 뛰는 것을 멈추었다.

"아무도 엄네. 니하고 내만 있다."

내가 준서를 보고 말했다.

"그래, 우리 둘뿐이다."

준서가 말했다.

우리는 바람을 타고 어디론가 날아갈 듯 바닷새처럼 양팔을 벌리고 하늘을 올려다봤다. 고개를 돌려 준서를 쳐다봤다. 바람에 휘날리고 있는 준서의 머리가 물속에 떠 있는 말미잘 같았다. 우리는 즐거운 비명을 지르며 바람을 가르고 또 뛰기 시작했다. 한참 신나게 뛰어가는데 그만 내가 넘어졌다. 준서가 뛰는 것을 멈추고 다가와 나를 일으켰다. 나는 두 손을 비벼가며 모래를 털어내고는 얼굴에 묻은 모래도 떨어냈다. 준서도 내 옷에 붙은 모래를 말끔히 털어내 주었다. 우리는 깔깔거리며 다시 뛰었다. 미포에 갔더니 고깃배들은 포구에 묶이어 격렬하게 몸을 흔들어댔다. 우리는 몸을 돌려 손을 꼭 잡고 왔던 길을 도로 천천히 걸었다. 그때 비가 후드득 떨어졌다. 우리는 비를 맞으며 힘껏 내달렸다.

집으로 돌아오자 엄마가 물을 따뜻하게 데워 부엌에서 내 몸을 씻어 주었다. 문디 자쏙아 옷 처입고 목깐했더노. 준서를 야단치는 준서 엄마 목소리가 부엌까지 들려왔다. 엄마는, 째끄만 아아들이 그럴 쑤도 있제 와저라노, 하며 혀를 끌끌 찼다. 나는 새 옷으로 갈아입고 엄마가 준 소라 빵을 먹기 시작했다. 꼭 소라처럼 생긴 소라 빵 안에는 달착지근한 초콜릿 크림이 가득했다. 준서가 생각났지만, 준서 엄마의 서슬이 무서워서 준서를 부를 수도 없었다. 왠지 빵 맛이 갑자기 없어지는 느낌이다.

오전부터 내리던 장대비는 오후에 더 거칠어졌다. 하늘에서 큰북을 치듯 천둥이 쿵쿵거리고, 파도 소리는 태풍 소리에 밀려 희미하게 들려왔다. 도깨비 같은 불빛이 번쩍거리며 하늘을 가르고 사라지자 폭우가 무섭게 쏟아졌다. 나는 준서와 함께 마루에 걸터앉아 하늘에서 구멍이라도 뚫린 듯 떨어지는 빗물을 말없이 바라봤다. 오후 세 시쯤 되었다.

"뚝이 넘쳤심더! 속키 대피하이소!"

세 들어 사는 아줌마가 고함을 질러댔다. 모두 대문 밖으로 뛰어나갔다. 황토색 물이 복개 공사 중인 개천을 덮치며 흘러넘쳤다. 공사 때문에 하수구가 막혀, 둑이 터져 물이 넘쳤다고 주민들이 주장했다. 순식간에 내 종아리까지 물이 차올랐다. 엄마는 어서 집으로 들어가자고 나와 준서를 불렀다. 걷는데 몸이 휘청거렸다. 보다 못한 아버지가 나를 덥석 들어 올려 안았다. 그때 준서는 그만 세찬 물살에 맥없이 넘어졌다. 준서 아빠가 고함을 지르며 넘어진 준서를 안아 올리며 소리쳤다.

"이 쌔빠질 자쓱아, 아직에도 쏙을 써키더니 또 지랄하고 자빠졌네. 집꾸석에 처박혀 있지 와 나와 가지고 귀찮게 구노?"

준서 아빠의 얼굴이 멍게처럼 험악했다.

"아따, 아아들이 다그렇제, 무씬 말을 그래카심미꺼. 지도 보고 집어 안나왔겠능교. 마아 속키 들어오이소."

준서 아빠를 나무라는 엄마 말이 뒤에서 들려왔다. 엄마는 나무 대문을 닫고 긴 나무막대기를 들어 올려 문을 단단히 걸어 잠갔다. 물이 집 안으로 들어오는 것을 막기 위해서다. 대학생 큰오빠와 직장 다니는 큰언니, 고3인 작은언니, 고1인 둘째 오빠는 집으로 돌아오지 않았다. 초등 5학년인 막내 오빠와 나만 집에 있었다. 사람들은 바다와 가까운 해운대 시장이 위험하다며 지대가 높은 쪽으로 피신했다. 나중에 안 사실이지만, 해운대 시장 일대는 다른 곳보다 지대가 낮아 분지처럼 지형이 꺼져 있다고, 사람들이 그랬다. 또 옛날에는 이 일대가 늪지대로 거북이가 집성촌을 이루고 살았으며 습지에는 골풀, 갈대가 우거져 있었다고 했다. 오후 4시쯤 되자 갑자기 잠겨 있던 대문이 펑 열리더니 흙탕물이 집안으로 쏜살같이 밀려들어왔다. 그러자 순식간에 마루 끝에까지 잠겨버렸다. 슬리퍼, 고무신,

걸레 따위가 죽은 물고기처럼 물 위로 떠 올랐다. 변소도 넘쳤기 때문에 똥 덩어리가 물결에 실려 떠다녔다.

"물때가 씨방 들어올 시간입미더, 속키 지붕 위로 올라가야 되겠심미더."

준서 아빠가 심각한 표정으로 말했다. 아버지는 얼른 창고로 가더니 나무 사다리를 들고 나타났다. 준서 아빠더러 사다리를 벽에 단단히 고정하라 말하고는 재빨리 방으로 들어가 아파 누워 있는 할머니를 엄마의 도움으로 등에 업었다.

"준서 애비야, 먼저 지붕 위로 올라가 경아 할매 좀 받아도가, 속키. 당신과 준서 애미는 사다리를 매 붙잡아도."

아버지가 외쳤다. 준서와 나는 작은 방으로 가 창문으로 밖을 보았다. 아버지는 할머니를 업은 채 사다리를 밟으며 올라가 할머니를 준서 아빠에게 넘겨주고 내려왔다.

"해운대 바닷물이 넘칩니다! 모든 주민은 빨리 지붕 위로 올라가시기 바랍니다!"

스피커를 통해 방송이 흘러나왔다. 아버지는 나를 업고 사다리 있는 쪽으로 갔다. 물이 아버지 무릎까지 잠겼다. 나는 아버지 등에서 내려 사다리를 타고 지붕으로 올라갔다. 다 오를 즈음에 준서가 사다리를 타고 올라왔다. 곧이어 막내 오빠와 엄마, 준서 엄마가 올라왔다. 엄마가 비상식량이라며 아기를 품듯이 보따리를 가슴에 꼭 안았다. 비는 계속 내렸다. 강한 바람으로 우산도 별 소용없지만 우리는 우산을 받쳐 들고 지붕 위에 얌전히 앉아 있었다. 지붕 위로 올라온 사람들이 몇몇 보였다. 지붕은 바다 한가운데 떠 있는 섬처럼 보였다. 물이 점점 불어났다. 밀물이 시작되는 시간이라 바닷물이 넘쳐 이곳으로 들이닥친다는 엄마 말에 아버지가 걱정되었다.

"아부지와 준서 아부지는 와 안 올라오능교?"

"다 올라오믄 지붕이 폭싹 내리안즐까봐 안그러나. 그라면 큰일난다 아이가."

내 물음에 엄마가 대답했다.

지붕 아래에서 작은오빠가 벌을 서는 듯 가방을 머리에 이고 있다. 아마 학교에서 막 돌아온 모양이다. 물은 오빠 허리까지 차올랐다. 나는 춥고 배고팠으나 참아야 할 것 같아 아무 말도 하지 않았다. 준서가 살그머니 내 손을 잡았다. 머리가 비에 젖어 찰싹 달라붙은 준서의 얼굴이 추운지 파랗게 변했다. 준서는 할 수 있는 일이 그것뿐인 것처럼 말간 눈으로 내 눈만 쳐다봤다. 나도 지붕 위에서 비 맞으며 이렇게 준서와 붙어 있는 게 좋았다.

저녁 5시쯤 되자 바닷물이 오빠 가슴께까지 왔다. 작은오빠는 그때까지도 가방을 머리에 이고 눈을 눈깔사탕처럼 뜨고는 이리저리 살폈다. 아버지가 오빠더러 빨리 마루 위로 올라오라고 성화였다. 비는 하염없이 내렸다. 준서는 꼼짝하지 않고 먼바다에 눈길을 던졌다.

어디가 바다인지 도로인지 시장인지 개천인지 도통 알 수 없었다. 옷가지, 플라스틱 바가지, 나무막대기들이 먼바다에서 항해하는 배처럼 둥둥 떠다녔다. 이러다가 우리 집이 바다에 잠겨 폭삭 무너질 것 같았다. 그 순간, 이렇게 죽을 수도 있겠다는 생각에 몸이 달달 떨려와 준서 손을 꽉 잡았다.

"경아야, 대기 무십제. 인자 개안타. 물이 빠지기 시작할끼다, 썰물이 시작되는 시간 아이가."

준서가 말했다. 그러자 놀랍게도 물이 차츰 빠지기 시작했다. 어느새 세상의 형체가 흐릿하게 드러났다. 6시쯤 되자 날이 어둑어둑해지며 바닷물이 쑥 빠져나갔다.

"경아와 준서는 여서 할매랑 가치 좀 잇까라, 집 치우고 데리러 올끼다."

엄마가 말하자 다들 아래로 내려갔다. 할머니는 몸을 나에게 기대어 자고 있는지 눈을 꼭 감았다. 우리는 손을 꼭 잡고 물 빠진 세상을 구경했다. 나는 오전의 바닷가에서처럼 이 세상에 우리 둘만 남겨진 기분이 또다시 들었다.

"우리 둘뿐이다."

내가 말했다.

"그래 우리 둘뿐이다."

준서가 화답했다.

시간이 흘러 지붕 위의 기왓장을 만지작거리고 있을 무렵, 아버지가 내려오라 했다. 준서와 나는 몸을 뒤로 돌려 사다리를 타고 천천히 내려갔다. 할머니도 아까처럼 아빠가 업고 내려왔다. 큰오빠와 언니들이 집으로 돌아와서는 엉망이 된 집안 꼴을 보고 멍한 표정으로 서 있었다. 이불도, 옷도, 텔레비전도, 책도, 가재도구 모두 물에 흠뻑 젖었다. 벽지가 물에 불어 해파리처럼 흔들거렸다. 세 들어 사는 사람들도 한둘씩 나타났다.

모두 어수선하게 방을 닦아내고 집안을 치웠다. 소금 장사하는 아줌마가 소금이 다 녹았다고 울어댔다. 채소가게 아저씨도 채소가 떠내려갔다고 투덜거렸다. 우리 쌀가게의 쌀도 물에 쓸려서 갔고 남은 쌀도 거의 못 먹게 되었다. 그때였다. 갑자기 으악, 하고 비명이 울렸다. 사람들이 소리 나는 쪽으로 뛰어갔다. 나도 달려갔다. 준서 아빠가 처마 밑 땅바닥에 누워 죽은 고래처럼 움직이지 않았다. 물 젖은 전깃줄을 잘못 만져 감전되었다고, 사람들이 그랬다. 준서 엄마는 땅을 치며 울어대고, 준서는 넋 나간 듯 서 있다. 엄마가 내 눈을 가리고 언니와 저리 가라 했다.

이틀 뒤 준서는 하얀 옷을 입고 멍한 표정으로 어여쁜 꽃상여를 따라갔다. 체격 좋은 남자 상여꾼들이 상여를 어깨에 메고 해운대 바닷가 모래벌판을 한 바퀴 빙 돌았다. 색색의 종이꽃들이 해풍에 살랑살랑 흔들거렸다. 꽃상여 뒤로, 흰옷 입은 상주들이 울면서 따라갔다. 나도 동네 사람들과 함께 그 뒤를 따랐다.

'이제 가면 언제 오나? 어허야~ 어허야~. 서상만사 부질없다, 어허야~ 어허야~. 이내 심정 어찌할꼬, 어허야~ 어허야~. 구름 같은 우리 인생, 어허야~ 어허야~. 모두 놓고 떠나거라, 어허야~ 어허야~.'

행상을 따라 슬픈 상엿소리가 파도 소리에 묻혀 사라졌다. 색색의 종이꽃이 오색구름으로 변하여 하늘 높이 올라갈 것만 같았다.

며칠 뒤 동네 반장이 집으로 왔다. 태풍 때문에 잃어버린 품목을 정부에서 보상해 줄 거라며 전부 적어내라 했다. 주민들은 꼼꼼히 적어냈지만, 그 해가 다 갈 때까지 한 푼의 보상도 나오지 않았다. 그러나 나는 준서와 함께 지붕 위에 있었던 일 때문인지 태풍이 그리 나쁘지 않았다.

1

습기를 머금은 바람이 모래를 쓸고 갔다. 저 멀리 배 한 척이 바다 한가운데 떠 있다. 구름인지 안개인지 뿌연 입자들이 부유하는 먼지처럼 공중을 떠다녔다. 간간이 피어오르는 물 알갱이 속에서 신령스러운 기운이 뿜어 나오는 듯하다. 예로부터 해운대는 구름바다란 지명으로 불리었다. 몸을 돌려 모래벌판 저편으로 보이는 해운대의 눈부신 모습을 오래도록 바라봤다. 해운대가 이렇게 변하리라는 걸 짐작이나 할 수 있었을까? 호텔과 콘도, 아파트들이 어마어마한 마천루 숲을 이루었다. 어린 시절, 저 호텔들이 서 있는 곳과 송림공원, 그리고 해운대 시장 일대의 대부분이 우리 땅이었다. 손을 뻗으면 잡힐 것 같은 지난 시간인데 세상은 너무나도 변해버렸다. 이제 해운대는 세계 어느 도시에도 빠지지 않는 첨단 도시가 되었다. 그 세월 속에서 준서와 내 운명도 이렇게 저물어가고 있다. 객실로 들어가니 바다가 아득히 펼쳐졌다. 하늘을 날카롭게 찌르는 와우산(달맞이 언덕)의 아파트가 낯설었다. 이젠 달도 베란다에서 맞이하니 아파트 동산이라 불러야 할 것 같다.

준서에게 도착했다고 전화할까 하다 이따 하기로 하고, 밖으로 나가 동백섬 해안도로를 따라 걸었다. 우람한 해송이 바다 가까이 몸을 길게 뻗었는데 인어상을 향해 손을 내미는 것처럼 보였다. 때늦은 동백꽃이 석양이 뿜어내는 마지막 열기라도 품은 듯 처연히 피어 있다. 동백섬은 섬 전체를 붉게 물들이는 동백나무가 섬 이름이 되었지만, 소나무가 더 울창하게 서 있어 새삼스레 지명의 유래에 의문이 간다.

인어상이 갯바위에 앉아 바다를 관망하는데 뭔가 모르게 옛 모습과 달랐다. 육지 끝에 간신히 붙박여 있는 암반들이 위태롭다 못해 폭삭 내려앉을 것만 같다. 노파 몇몇이 돌무더기를 뒤집으며 성게를 건져 올렸다. 한 노파가 가시 돋친 성게를 헤집어 성게 살을 도려내니 진노란 성게알이 알알이 맺혀있다. 바위에 부서진 물거품이 산호처럼 펼쳐지다 이내 사라짐과 동시에 자잘하게 흩어진 물 입자들이 노파들 머리에 내려앉았다.

새하얀 쌀알을 터뜨린 듯 피라칸사스의 꽃잎이 몸을 벌려 봄을 알린다. 석양으로 물든 바다에 유람선 두 척과 요트 한 척이 보인다. 구름 사이로 긴 빛줄기가 물결 위로 쏟아져 반짝거렸고, 고독한 항해라도 하듯 바닷새 한 마리가 파도를 타고 있다. 갑자기 준서의 모습이 떠올랐다. 그동안 많은 변화가 우리에게 일어났다. 준서가 이혼하고 소설가로서 유명해졌고 나는 남편과 헤어졌다. 우리는 결혼하고서도 가끔 소식을 주고받았는데, 돌싱이 되자 약속이라도 한 듯 연락을 뚝 끊어버렸다. 과연 나는 준서를 진심으로 사랑했는가 하고 반문해본다.

어느 날 남편이 느닷없이 내 앞에 무릎을 꿇고 애원했다.

"사랑하는 여자가 생겼어."

"뭔 뜻이죠?"

"말한 대로야. 나도 내 감정을 어떻게 할 수가 없어. 미안해."

"그래서 나보고 어쩌라고요?"

"이혼을 원해. 아이는 당신이 키우고 위자료와 양육비는 주겠어."

남편의 고백이 너무 비현실적이고 갑작스러운 일이라 전혀 실감

나지 않았다. 웃음보가 터졌고 이어서 눈물이 나왔다. 근데 우습게도, 바닷가에서 준서가 들려준 해운대 전설이 생뚱맞게 생각났다.

옛날 옛적 해운대에 '무궁국無窮國'이라는 나라가 있었답니다. 저 멀리 해면에 구름으로 뒤덮인 바다가 참으로 가경이었지요. 이 나라에는 나라를 다스릴 임금이 없었습니다. 그러던 어느 날, 한 젊은이가 해안가에서 금으로 된 상자 하나를 발견했어요. 뚜껑을 열어보니 주먹만 한 황금알 하나가 들어 있었어요. 남자는 자못 귀중하게 여겨져 상자를 집으로 가져가 마당에 내려놓자 별안간 남자아이 한 명이 그 알을 깨고 나왔지요.

"으악! 넌 누, 누구니?"

"놀라지 마세요. 나쁜 아이 아닙니다. 저는 하늘의 은혜를 입고 태어난 아이예요. 저를 고이 받아 주세요."

겸손한 태도와 낭랑한 목소리가 일단 남자 맘에 들었어요. 그러고는 열흘이 지나자 그 아이는 성인이 되었지요.

"헉! 이 사람은 분명 하늘에서 보냈을 거야!"

남자는 이 모든 사실을 사람들에게 알리자 이야기가 사람들의 입에서 입으로 퍼져나갔답니다.

"이분을 임금님으로 추대합시다! 하늘의 은혜를 입었으니 은혜왕(恩惠王)이라 부릅시다!"

많은 백성이 모여 말했어요.

은혜왕은 신하를 뽑고 법을 만들고 나라를 평화롭게 다스리기 시작했지요. 백성들도 행복하여 불만이 없었답니다.

"임금 마마! 이제는 나라도 부귀하고 백성들도 풍요로운 생활을 영위하고 있사오니, 하루빨리 왕비를 맞아들여 혼인하시옵소서."

"그대들의 충고는 고마운데 난 하늘에서 보내줄 왕비를 기다려야 한다네."

혼인하라는 신하들 말에 은혜왕은 자신도 그 이유를 모르겠으나 왠지 그래야만 할 것 같은 느낌이 들었어요.

"그게 언제이옵니까?"

"그건 나도 모른다네."

무궁국의 동백도에서 바라보면 저 멀리 바다 한가운데 두 개의 섬나라가 있었어요. 그 하나는 '나란다'이고 나머지 하나는 '수정국水晶國'이란 나라였지요. 이들 나라는 본래 바닷속에 존재하는 나라로 백성들의 몸에는 지느러미가 옷 속에 감추어져 있었어요. 상반신이 사람의 형상을 한 그들은, 가끔 섬 위로 올라와 갯바위에 앉아 휴식을 취하기도 했답니다. 수정국은 나란다국 임금님의 부모가 사는 나라였어요. 세월이 흘러 나란다국의 임금과 왕비는 첫아이를 낳았지요. 이들 나라는 자식을 낳으면 부모의 나라에서 지어준 이름을 받는 선례가 있었답니다. 임금이 충신인 거북이를 불렀어요.

"오늘 공주가 태어난 걸 알고 있겠지. 수정국으로 가서 공주의 이름을 받아오너라."

"예, 그리하겠나이다."

특사인 거북이는 수정국으로 출발했어요. 거북이는 한때 수정국의 신하로 살고 있었답니다. 그러다가 나란다국의 임금과 왕비가 결혼하는 바람에 할 수 없이 고향을 떠나게 되었지요.

"오! 어서오너라. 그동안 잘 있었어? 그래 여긴 어쩐 일이냐?"

수정국의 임금이 반가운 표정으로 거북이를 맞이했지요.

"예, 대왕마마. 지체 만세무강 하셨사옵니까?"

"그래, 좋아. 너희 부모와 형제들도 잘 있어. 곧 만나 보아라."

"황공하옵나이다. 다름이 아니오라 나란다국 왕비마마께서 공주마마를 생산하셨사옵니다. 임금님께서 이름을 지어오라고 명하셔서 이렇게 방문했사옵니다."

"오! 그래? 이거야말로 경사스러운 일이로구나! 먼 곳까지 오느라 수고했어."

거북이 가족이 오랜만에 한자리에 모였습니다.

"몸은 괜찮아? 행복해?"

거북이 어머니는 아들 몸을 이리저리 만지작거리며 애달픈 마음으로 물었어요.

"예 어머니, 보고 싶었답니다. 어머니께서도 건강해 보여 기분이 좋습니다."

해후상봉으로 인해 거북이 가족은 기쁨의 눈물을 흘리며 수정국의 섬 너럭바위에 앉아 이야기를 나누었지요.

"공주의 이름을 황옥黃玉공주라 지었어. 이건 선물이야. 고향이 그리울 때 이 황옥 거울을 보면 고향의 정경이 나타날 거야. 보름달이 뜨거든 보고 싶을 때마다 보아라."

수정국 왕비가 거울을 거북이에게 선물하며 말했어요.

"왕비마마, 황공하옵나이다."

거북이는 나란다국으로 돌아와 왕비가 준 옥 거울을 소중히 간직했지요. 이후 인어공주(황옥공주)는 선녀처럼 다름답게 자라났답니다. 거북이는 그런 공주를 보며 어릴 적부터 남몰래 좋아했어요. 하지만 거북이는 공주를 좋아한다는 말을 감히 입 밖에 낼 수가 없었답니다. 자신의 처지를 누구보다도 잘 알고 있기 때문이었지요. 거북이는 공주를 바라볼 수 있다는 것만으로도 감사한 마음을 가졌답니다. 공주도 거북이가 싫지 않았어요. 둘은 친숙한 친구처럼 붙어 다녔지요.

화창한 어느 봄날, 황옥공주와 거북이는 섬 바위 위에 앉아 이야기를 도란도란 나누고 있었지요. 그러다 공주 눈에 저 멀리 육지가 희미하게 보였답니다. 공주는 그곳이 너무나도 궁금해 거북이에게 물어보았습니다.

"저곳이 어떤 곳인지 너는 알고 있느냐?"

"예 공주마마, 저곳은 무궁국이란 나라이옵니다. 뭍에서 바라보는 운해雲海가 절경이라고 친구에게 들은 적이 있사옵니다. 또 동백도에는 바다소나무 숲이 우거진 속에 동백화가 아름답게 피어 있다고 했사옵니다."

"한번 가보고 싶구나."

"아니 되옵니다. 임금님께서 아시면 크게 노하실 것이옵니다."

"몰래 한 번 갔다 오자꾸나."

인어공주의 간절한 부탁에 거북이는 하는 수 없이 공주를 모시고 남몰래 무궁국으로 헤엄쳐 나갔어요. 무궁국에 도착한 공주는 갯바위에 걸터앉아 동백도의 기묘한 풍경을 구경하고 있었답니다. 마치 끝없는 바다처럼 구름이 널리 깔린 하늘의 모습을 마주한 공주는 그 광경에 그만 압도당하고 말았지요. 산만 한 물결 더미가 우르르 밀려와 갯바위에 부딪히고는 거대한 물보라를 일으키며 소용돌이쳤어요. 흩어진 물방울이 해송과 동백화를 새하얗게 물들이는가 싶더니 이내 살포시 내려앉아 햇살에 반짝반짝 빛나는 것이었지요.

"야, 신기하구나! 구름바다가 무척이나 아름답구나. 저기 핀 꽃이 동백화고 저 우람스러운 나무가 바다소나무라 했느냐?"

기쁨을 감추지 못한 공주는 들뜬 어조로 거북이에게 물었어요.

"예 공주마마, 그러하옵나이다."

"아, 꽃과 나무가 참으로 신묘하고 어여쁘구나."

그때 마침 은혜왕이 그곳으로 지나가다가 공주를 발견했답니다. 임금은 동백화같이 어여쁜 공주의 모습에 잠시 넋을 잃고 서 있었지요. 그 순간 공주와 은혜왕의 눈이 마주쳤답니다. 공주도 은혜왕의 미추룸한 외양과 의연한 기품에 가슴이 설레어 두근거렸어요.

"저 여인이 누구인지 알아보고 이리로 모시고 오너라."

은혜왕이 신하들에게 명령하자 그들은 바위를 더듬거리며 공주에게 다가갔지요. 그때 거북이가 소리쳤어요.

"공주마마! 저들이 우리를 잡으러 오는 것 같사옵니다. 빨리 도망하시옵소서!"

거북이와 공주는 얼른 물속으로 몸을 던지며 물결을 가르고 바닷속을 헤엄쳐 나란다국으로 되돌아왔답니다.

2

일본에서 텔레비전을 보는데 준서의 장편소설이 나왔다. 아마도 대마도와 관련이 있어서 소개된 것 같았다. 나는 당장 책을 구매했다. '해운대 소설가 서준서.『인어공주를 사랑한 거북이』*, 『좌수영어방놀이』,『동해안 별신굿』 등 다수. 소설문학상, 해양문학상, 해운대

스토리텔링 지역작가상 수상' 등이 적혀 있었다. 소설을 읽고 준서에게 메일을 보내니, 해운대로 한 번 오지 않겠느냐 했다. 소설을 읽기 전까지는 해운대에 가고 싶은 마음이 별로 없었다. 한데 그 소설을 읽고 나니 불현듯 해운대에 대한 그리움이 파도를 타고 아련히 떠올랐다. 그동안 깡그리 잊고 있었던 추억들을 준서가 하나하나 일깨워 줬다. 아직 내 마음 한구석에는 해운대에 관한 수많은 추억과 상처들이 바닷말처럼 엉겨 여전히 흐느적거렸다.

나는 해운대 토박이다. 아버지는 김해 김씨 김수로왕의 후손으로 조상 대대로 해운대를 떠난 적이 없다. 내 어릴 때만 해도 해운대는 동래구에 속했고 여고가 없어 나는 동래시장 인근의 여고를 다녔다. 그때만 해도 해운대는 시골이었다. 아주 옛날, 해운대 일대는 물론이고 수영 바다를 거쳐 안락동까지 죄다 바다였다고, 할머니가 그랬다.

1963년 10월 15일은, 내가 엄마의 자궁벽을 뚫고 나와 미지의 세계를 처음으로 맞닥뜨린 날이다. 또한, 묘하게도 박정희가 윤보선을 제치고 대통령으로 선출된 날이기도 했다. 그날 엄마는 진통이 오는 배를 부여잡고 간신히 투표하고는 집에 도착해 바로 나를 낳았다. 그때의 선거 열기에 저절로 웃음이 나온다. 대학을 졸업하고 결혼해서 일본으로 건너갔다. 사랑한 준서와 결혼하지 않았던 정확한 이유는 모른다. 어쩌면 해운대의 어마어마한 땅을 가진 부모님이 객지 사람들에게 어처구니없게 **빼앗겨** 버린 것도 그 하나의 이유가 될 수 있겠다.

석양 속으로 갈매기가 끼룩끼룩 울어대며 멀어져 갔다. 바닷바람에 의해 내 머리카락이 물속에 떠 있는 해초처럼 사방으로 퍼졌다. 고개를 들어 불가사리 빛 하늘을 올려다보고는 준서에게 전화하니, 그가 조선비치호텔 부근이라 했다. 백사장을 끼고 해변 도로를 걸어가는 나는, 갑자기 속이 쓰려 주저앉고 싶다는 생각이 들었다. 그 느낌을 잘 안다. 준서를 만날 때면 찾아오는 미묘한 증세였다. 아주 오랜만에 준서를 만나는데, 마흔 후반의 나이에도 준서를 만나는 일에 자유롭지 못했다. 몇 번이나 심호흡하며 이러지 말자고 자신을 진정시켰다. 그토록 애절하고 좋았던 시간은 이미 지났지 않았느냐고, 몇 번이나 걸음을 멈추며 그 말을 되뇌었다.

준서는 회색 톤의 바바리를 입고 호텔 앞에 서 있었다. 바바리 끝자락이 갈매기 날갯짓처럼 바닷바람에 연신 나풀거렸다. 준서 역시 세월을 비껴가지는 못했다. 책에 실린 사진과는 사뭇 다르게 많이 깎이고 지쳐 보였다. 희끗희끗한 머리카락이 바람에 쓸려 흩날렸다.

"와 오랜만인데?"

준서가 머뭇거리며 오른손을 내밀었다. 악수하자 그의 손도 가늘게 떨고 있는 게 느껴졌다.

"정말 오랜만이야."

나는 애써 웃는 낯으로 말했다.

"숙소가 여기야? 꽤 비싼 호텔인데, 남편이 위자료 많이 주었나 보다."

"이틀 묵고 갈 건데, 뭐."

"왜 그렇게 빨리 가?"

"2박 3일이면 충분하지. 그나저나 집이 어딘데 이렇게 빨리 오냐?"

"저기 달맞이언덕 꼭대기야. 산책 갔다 온 모양인데 커피숍에서 차나 마실까?"

"그게 좋겠어. 아직 식사는 이른 시간이니까."

우리는 호텔 커피숍으로 들어가서 바다가 보이는 창가 쪽에 자리 잡고 앉았다. 사람들이 많지 않아 실내는 오후의 고즈넉한 정적이 감돌았다. 우리는 커피를 주문하고 커피가 올 때까지 말없이 서로를 어색하게 쳐다보기만 했다. 다시 만났다고 하는 이 감정과 아, 이렇게 늙어간다고 하는 기분, 그리고 저 어린 시절 비에 젖어 지붕 위에 앉아 있을 때의 그 느낌 같은 게 복잡하게 얽혀 밀려들었다.

"아직 혼자 살아?"

커피로 입술을 축이고는 내가 물었다.

"그럼 혼자 살지."

"시간이 꽤 지났는데 왜 재혼하지 않았어?"

"장가는 혼자 가냐? 나 좋다 하는 여자가 있어야 가지."

"야, 그 외모에 잘나가는 소설가겠다 설마 너 좋다는 여자 없을까 봐."

"글쎄 말이야. 그러는 넌 아직 혼자 살아?"

"그래, 혼자야."

"너 아주 멋지게 늙었어."

"늙었다고 하지 마, 비록 나이는 마흔 후반이지만…."

"그래도 아직 젊어 보여."

"그러지 않아도 돼. 난 네가 거짓말을 하고 있다는 것쯤은 알고 있으니까… 또 예쁘다는 소리가 공허하게 들리는 나이도 되었고…."

"여전하구나, 그 오기는."

"어머니는 건강하셔?"

"작년에 돌아가셨어. 이제 고아야. 누나와 형들은 어디 살아?"

준서가 쓸쓸히 웃으며 물었다.

"큰오빠는 미국에 이민 가서 아직 거기 있고, 작은 오빠 서울에, 언니는 수원에 살고 있어."

"그렇구나."

"네 어머니는 돌아가셨을 때까지 계속 굿을 하셨어?"

"응, 기력이 떨어져 큰 굿은 못 하고 심심풀이로 하시다 돌아가셨어. 울 엄마의 무업巫業 풍어제가 중요무형문화재로 지정되었어. 동해안 풍어제豊漁祭가 바로 별신굿이지."

"그래? 정말 잘 되었네."

"엄마가 무녀인 것이 부끄러웠던 적이 있었지. 지금은 아니지만."

"그런 엄마가 있었기에 네가 소설가가 될 수 있었는지도 몰라."

"그럴지도 모르지. 내가 초등 다닐 때 아이들이 놀려서 상처받기도 했지만, 대학에 들어갈 무렵부터 엄마 직업을 당당하게 받아들일 수 있게 되었지."

"그랬구나."

준서 말에 얼굴이 화끈 달아올랐다. 어쩌면 나도 적극적으로 나서지는 않았으나 여느 아이들처럼 은근히 준서를 놀리는데 일조했을 거란 생각이 들었다.

*

우리 집 가까이 개천이 흘렀는데 올챙이가 꼬리를 흔들며 헤엄치는 모습도 보였다. 장산의 무지개폭포에서 물이 흘러 개천을 지나 바다로 연결되었다. 주민들은 그곳에서 빨래하고 채소를 씻곤 했으며, 개구쟁이들은 물장난을 치기도 했다. 사람들이 해운대 시장에서 바다로 가려면 다리(온천교)를 건너서 백사장으로 갔다. 엄마와 아버지는 해운대 시장에서 쌀가게를 했다. 그때는 쌀이 귀한 때라 미포와 청사포에서 고기를 잡아 온 어부들이 우리의 쌀과 물물교환을 하곤 했다. 싱싱한 은백색 갈치도 있었으며 전복, 소라, 성게도 어부들이 가져오곤 했다.

60년대 중반쯤 해운대에 관광호텔이 들어섰다. 외국인과 외지인들이 눈에 띄면서, 주민들은 호텔 쪽과 반대편인 동백섬 쪽에서 해수욕했다. 극동호텔도 문을 열었고, 70년에는 수영에 비행장이 생기면서 해운대는 나날이 번창해갔다. 나는 비행기 소음에 몸살을 앓기도 했지만, 저 푸르른 하늘을 날고 있는 비행기를 올려다보며 아득한 미지의 세계에 대한 꿈과 환상을 키우기도 했다. 어린 마음에 손을 뻗치면 하늘을 나는 비행기를 덥석 잡을 수 있을 것 같은 기분이 들었다.

해운대 바닷물이 넘친 일곱 살 그해 겨울에 할머니가 죽고, 하천이 범람한 곳에 복개 공사가 마무리되어 집 앞의 도로가 시원하게 뻗었다. 도로가 나고부터 미포에는 고기잡이배가 사라졌다. 어부들은 청사포나 운촌에서 조업했다. 준서 아빠가 죽고 준서 엄마는 사람들에게 점을 봐주고 굿을 해주었다. 초등학교에 입학하고 가을 무렵 어느 날, 준서의 집 안으로 들어갈 기회가 있었다. 그때까지 한 번도 준서 집을 구경한 적이 없었다. 딱히 외면하지 않았음에도 불구하고 암튼 그랬다. 물론 준서는 거의 매일 우리 집에 와서 나와 함께 놀곤 했다.

우리 집 뒤쪽에는 우물이 있고 수돗물도 나왔다. 우물 바로 앞에 준서 집 부엌으로 들어가는 문이 하나 있었다. 그날은 문이 열려 있어 안으로 고개를 들이밀었다. 안의 동정을 살피고 있는데 열려 있는 방문을 통해 하얀 등신대 부처상이 눈에 들어왔다. 나는 야릇한 감정에 휩싸여 안으로 들어가 방안을 들여다봤다. 부처상 뒤로는 기하학적으로 무늬가 엉겨 만화경처럼 기묘한 그림이 펼쳐졌다. 제단에는 음식이 차려졌고 기다란 와룡촛대 위에는 초가 불꽃을 피워 올렸다. 부처님은 희미한 미소를 머금고 있었지만, 왠지 허연 불상이 두려웠다. 그때 마침 준서 엄마가 들어왔다.

"여서 머하노?"

나는 깜짝 놀라 뒤돌아봤다. 준서 엄마 목소리는 마치 낯선 남자가 말하는 것처럼 들렸다.

"준서가 있는가 해서예."

나는 모깃소리처럼 기어들어 가는 투로 말했다.

"준서는 아까 아짐 무꼬 진작에 밖에 나갔다 아이가."

"알았어예, 찾아보겠심니더."

나는 얼른 바깥으로 나왔다. 딱히 뭐라고 설명할 수 없는 기이한 불안감으로 가슴이 콩콩거렸다. 그날부터 준서와 말하지 않았다. 딱히 그 이유를 콕 집어 말할 수는 없지만 알 수 없는 거리감이 생겼다.

복개천 도로가 나고 해운대 땅값이 오르자 외지인들이 땅을 매입하려고 모여들었다. 큰언니 시집보내고 오빠들 대학 공부까지 시키려면 엄마는 돈이 필요했다. 아버지는 땅을 팔기 시작했다. 아버지의 가장 큰 단점은 술을 과하게 마신 후 곧잘 필름이 끊어지는 것이다. 아버지는 술만 마시면 해운대 시장에서 장사하는 사람들과 실랑이를 벌이곤 했는데 엄마도 그 일에 대해서는 어쩔 도리가 없었다. 아버지가 술을 먹고 장사하는 곳에서 시비를 걸어, 경찰이 아버지를 집으로 데려오기까지 했는데, 엄마가 그 일로 골치 꽤 아팠다.

　그러던 어느 날 땅을 매매하려고 하니 등기가 남의 이름 앞으로 넘어가 있었다. 아버지와 엄마가 너무 놀라 모든 토지를 알아보니 한두 군데가 아니었다. 나중에는 보지도 못한 매매계약서까지 등장했다. 아버지는 돈을 받고 도장을 찍은 적도 없는데 도저히 믿기지 않았다. 근데 분명히 계약서에 아버지의 인감도장이 꽝 찍혀 있었다. 아버지가 그 많은 돈을 받았으면 한 푼이라도 수중에 있어야 하는데, 엄마는 땡전 한 푼 구경한 적 없다고 했다. 나중에 알고 보니 사기꾼들이 일부러 아버지에게 술을 마시게 하여, 부동산 업자와 매수인이 서로 짜고 한 짓이었다. 재판이 시작되었다. 모든 것을 한꺼번에 재판할 수 없었기에, 엄마와 아버지는 우선 급한 것부터 재판했다.

　70년 그해 여름, 엎친 데 덮친 격으로 큰 사고가 일어났다. 그날은 날씨가 몹시 더웠다. 내가 해수욕하자며 작은언니와 막내 오빠를 졸라댔다. 준서도 함께였다. 해운대 바다는 송정해수욕장과 수영해수욕장과 달라 조금만 들어가도 금세 바닷물이 내 머리 꼭대기까지 왔다. 언니와 오빠는 나와 준서를 튜브에 태우고 깊은 곳까지 들어갔다. 언니와 오빠는 수영을 잘했으나 나와 준서는 미숙했다. 파도를 타니 한동안 기분이 좋았다. 근데 어느 순간, 이상하게 무서운 생각이 들었기에 빨리 나가자고 했지만, 언니와 오빠는 웃으면서 더 깊은 곳으로 들어갔다.

　사람들이 보이지 않았다. 그때 지붕 높이만 한 파도가 우리에게 덤벼들었다. 나는 고함을 지르며 언니 목을 힘껏 끌어당겨 언니에게 매달렸다. 또다시 집채만 한 거센 파도가 우리를 덮쳐버리는 그 순간, 나는 언니를 놓치고 튜브를 꼭 잡았다. 언니는 튜브를 놓치고는 저 혼자 파도를 타며 중심을 잃고 허우적거렸다. 그것을 보고 오빠가 헤엄쳐 언니를 구하려고 가다가 다시 거대한 파도가 밀려와 언니와 오빠를 동시에 삼켜버렸다. 오빠와 언니가 저 멀리 보이다 사라지기를 반복했다. 나와 준서는 울음을 터뜨리고 죽음과 공포에 몸을 떨며 튜브에 의지해 바다 한가운데를 표류하고 있었다. 우리는 실컷 울면서 한참 만에 새파랗게 질린 얼굴로 서로를 쳐다봤다.

　"또 우리 둘이다."

　준서가 말했다.

　"그래, 또 우리 둘뿐이다."

내가 말했다.

"성과 누부야는 어째 됐을꼬?"

"글쎄, 보이지 않는다."

"헤엄을 잘 치니까 이미 백사장 쪽으로 갔을 끼다."

"아마, 그랬을 끼다. 그래서 해안 경비대에 가 신고해서 우리를 찾아올 끼다."

"그러니까 튜브를 우리에게 주고 간 걸 끼다.'

"그래, 울지 말고 침착하게 기다리자."

"언제나 우리 둘이 있으면 좋은 일만 생기니께. 지붕 위에 있을 때도 그랬다 아이가?

"니하고 있으면 하나도 안 무십다."

"어, 나도."

우리는 더 떠내려갔다. 근데 준서와 나는 처음과는 다르게 두려워하는 마음이 사라졌다. 우리는 꽤 멀리 떠내려가다 마침내 고기잡이 배에 의해 발견됐다. 나는 울면서 언니와 오빠가 파도에 떠밀려갔다고 했다. 어부들이 그 주위를 샅샅이 살폈다. 그러다가 한참 후에 저기 보인다, 하고 한 어부가 소리쳤다. 그물을 던져서 먼저 오빠를 건져 올렸다. 오빠 배가 복어 배처럼 볼록 튀어 올랐다. 한 어부가 오빠 뱃속의 물을 빼내며 인공호흡을 시키는 것과 동시에 다른 어부들은 언니를 건져 올리고 있었다. 언니 배도 풍선처럼 부풀었다.

구름바다, 모래성　171

언니와 오빠는 저세상으로 가버렸다. 내가 바다로 가자고 졸라대지만 않았더라면, 아니 언니 목을 힘껏 끌어안지만 않았더라면, 하는 후회가 나를 괴롭혔다. 장례를 치르고 어느 날, 준서 엄마가 조상 원혼을 풀어줘야 한다고, 엄마에게 이상한 말을 했다.

"경아 엄니, 벌써 자슥들이 마이 죽었지예? 속키 굿을 안 하면 이 재산 싹 다 날아가고 나머지 자슥들도 난중에 어찌 될찌 몰라예."

준서 엄마가 그냥 해본 소리가 아닌 것 같다고 엄마는 심각한 표정으로 말했다. 실은 큰오빠 위로 언니와 오빠가 세 명이 있었지만 태어난 지 얼마 되지 않아 모두 병으로 죽었다. 해서 엄마는 큰오빠 이름을 '부돌'로 지었다. 죽지 않고 꼭 붙들어 맨다는 뜻이다.

"물에 살마 주근 아 원혼을 속키 푸러주야 해예."

준서 엄마는 애원하듯 엄마 손을 붙잡고 간곡하게 말했다. 그러자 엄마가 조상 이야기를 했다.

아버지도 외동이고 할아버지도 외동이다. 할아버지 위로 형님 한 명이 있었는데 그 형은 정신이 약간 이상했다. 옛날 말에, 정신이 약간 이상한 사람을 굉장히 뜨거운 물에 집어넣었다가 얼른 끄집어내면 정상으로 돌아온다는 얘기가 있었다. 하여 증조부모가 아이를 뜨거운 물에 넣었다가 즉시 건져내었더니, 그만 불쌍하게도 아이가 죽었다.

'엄마, 내 인자 말 잘 들을 꺼니께, 이 떠신 물에 안 들어가면 안 되능교?' 아이가 두려움에 떨며 애타게 엄마에게 말했다. '쨰께만 참으면 되는기라. 빨랑 들갔다 나오면 니 머리가 싹 낫는다 안카나.'

엄마는, 이 이야기를 시어머니에게 들으면서 많이 울었다고 하면서, 또다시 눈물을 글썽거렸다. 마침내 엄마가 굿을 하기로 마음먹었다.

해운대 백사장에는 많은 구경꾼이 모여들었다. 나는 준서 엄마가 굿하는 것을 처음 보았다. 준서도 사람들 속에 서 있었다. 칼날이 햇빛을 받아 쨍하고 빛났다. 허공을 향해 쏘아대는 빛살들이 위협적이고 날카로웠다. 날을 세워 층층이 온몸을 펼친 작두가, 극락세계에 닿을 듯이 12계단 위에 반듯하게 누워 있다. 그 위로 시린 듯 새파란 하늘이 펼쳐졌다. 간절한 염원을 열망하며 손을 가지런히 모은 엄마는 연신 몸을 굽혔다가 펴기를 반복했다. 한줄기 바닷바람이 엄마의 머리카락을 잠깐 흔들며 지나갔다. 살짝 주름 잡힌 엄마의 이맛살에는 형언하기 힘든 아픔이 묻어 있는 것 같았다.

양손에 부채를 든 준서 엄마는 마치 승리를 다짐이라도 하듯 뚜렷한 브이자형을 그리며 두 팔을 천공 속으로 쭉 뻗어 올렸다. 갓 아래의 화장발 얼굴이 저승사자처럼 모호한 표정이다. 의상의 화려함만 없앤다면 영락없는 조선의 포도대장 모습이다. 부채 끝에 매달린 백색 깃털이 잔바람에 흔들거렸다. 둥둥 북이 울려 퍼지자 무녀는 부채

춤을 추기 시작했다. 하얀 한복을 입은 중년의 남자가 돗자리 위에 앉아 북을 쳐대었다. 무녀는 무지갯빛 천을 휘날리면서 날듯이 이리저리 뛰어다녔다. 바닷바람을 따라 회오리치는 관복이 파도처럼 출렁거렸다. 무녀는 몸을 위아래로 오르내리면서 부채를 펼쳤다가 오므리는 동작을 끊임없이 반복했다. 그녀의 얼굴에 땀방울이 송송 맺혔다. 하늘은 구름 조각 하나 없이 청명했다. 갑자기 행동을 멈춘 무녀는 엄마를 향해 몸을 틀고 사뿐사뿐 걸어가서는 부채로 엄마의 머리를 힘차게 때렸다.

'앗 뜨거워, 뜨거워, 아악!'

급기야 남자아이 음성을 흉내 내던 무녀는, 엄마에게 사정없이 매질해대던 부채를 냅다 던져버리고서는 몸을 아래로 숙이더니 엄마 가까이에 있는 대나무를 집어 들었다. 댓잎이 허공에서 부들부들 몸을 떨었다. 무녀의 눈빛이 곧바로 살기로 희번덕거리더니 무녀는 대나무로 엄마를 마구 후려쳤다. 엄마 몸에 사락사락 부딪히는 댓잎 소리가 파도 소리를 따라 공중을 떠다녔다. 두 손을 마구 비벼대며 용서를 구하는 엄마의 모습이 못내 애처롭다.

드디어 무녀는 엄마를 향해 대를 훌쩍 던져버리고 작두를 타기 시작했다. 대나무가 엄마 얼굴을 스쳐지나 땅바닥으로 툭 하고 쓰러졌다. 구경꾼들이 숨을 죽였고 바다는 끊임없이 파도 소리를 토해냈다. 남자가 가느다란 북소리를 내고 있었지만, 북채는 정지된 것처럼 보었다. 날이 선 칼끝이 무녀의 발을 뚫고 쑥 들어갈 것만 같아 조마조마하여 나는 가슴을 쓸어내렸다. 무녀는 한 발을 먼저 내디디고 한 계단 올라갔다. 몸 중심이 작두에 올라가 힘을 주었음에도 상처는 보이지 않았다. 무녀는 나머지 발마저도 날카로운 칼날 위로 아슬아슬하게 올려놓았다. 군중들이 우우 소리치며 손을 흔들고 손뼉을 쳤다. 무녀가 두 번째 계단을 오르기 시작했다. 여전히 피는 흐르지 않았다.

마치 천국의 계단처럼 보이는 12계단 앞에는 산해진미의 푸짐한 차례상이 가지런히 차려져 있다. 큼직한 사과, 배, 수박, 생선 등속이 상 위에 가득했다. 생선에 붙어 있는 눈알들이 무섭도록 선명했다. 생선들도 눈을 동그랗게 뜨고 무녀를 주시하고 있는 것만 같았다. 엄마 말에 의하면, 제전에 올리는 음식이 정성이 담겨 있는지 없는지 신은 귀신처럼 안다고 했다. 더군다나 신을 노하게 하면 소원은 절대 이루어질 수 없다 하며 맹신하기까지 했다. 촛대에 꽂힌 촛불이 바닷바람에 꺼질 듯 아슬아슬하게 몸을 떨었다. 다행히 오늘은 바람이 불지 않아 초가 꺼지지 않았다. 흰 한복을 차려입은 남자는 갑자기 북소리를 크게 울렸다. 북채를 잡은 손이 높이 올라갔다. 둥둥둥 천둥 치듯 북소리가 파도 소리와 함께 하늘 높이 울려 퍼졌다. 남자 얼굴이 점차 붉어졌다. 머리를 길게 늘어뜨린 남자 어깨가 달싹달싹 딸막거린다. 어느 순간, 땀인지 눈물인지 알 수 없으나 남자 얼굴에 물방울이 햇살에 번쩍거렸다.

북소리와 보조를 맞추어 무녀는 일곱째 계단을 향해 오르기 시작했다. 자연스럽게 북소리가 낮아졌다. 별안간 무녀의 두 손이 허공 속에서 불안하게 춤을 추다 잠깐 멈칫했다. 갓 밑으로 땀방울이 뚝뚝 떨어졌다. 여섯째 계단까지는 무난하게 올랐다. 사람들은 긴장한 표정으로 무녀의 발끝을 유심히 쳐다봤다. 무녀의 오른발이 일곱 번째 계단인 칼끝에 먼저 닿았다. 그 순간, 무녀의 몸체가 중심을 잃고 약간 휘청거리는가 싶더니 이내 평정을 회복했다. 나머지 한 발까지도 작두에 올려놓았다. 설핏 빨간 핏물이 보였다. 사람들의 짧은 한숨과 함께 박수가 터져 나왔다. 12계단을 따라 펄럭이는 깃발들이 신들린 듯이 춤을 추어댔다.

　　무녀는 이윽고 마지막 관문인 열두 번째 계단을 오르기 시작했다. 동동동 북소리가 낮아지더니 갑자기 둥둥둥 북소리가 요란하게 커지더니 바닷가로 장엄하게 울려 퍼졌다. 푸닥거리를 지켜보고 있던 수많은 구경꾼은 숨을 죽이고 심각한 표정으로 무녀의 발끝을 향해 눈길을 던졌다. 희미한 핏줄기가 두서너 줄 무녀의 발밑에 그어져 있었다. 무녀는 두 팔을 흔들며 발 하나를 먼저 작두에 올려놓았다. 엄마는 비벼대는 손동작을 멈추고 입을 헤벌리고선 무녀의 발을 뚫어지게 쳐다봤다. 한줄기 바닷바람이 무녀의 옷을 훑고 지나가자 색색의 옷이 출렁 흔들거렸다. 북소리가 점점 잦아들자 무녀는 나머지 한 발마저 칼끝 위로 갖다 올려놓았다. 마침내 무녀는 12계단 꼭대기에 우뚝 섰다. 임무를 완수한 몸짓인 양, 두 팔을 창공을 향해 쭉 뻗어 올렸다. 또다시 남자의 북소리가 세차게 둥둥둥 하늘로 퍼지고 구경꾼들은 환호성을 지르며 경이로운 찬사를 쏟아냈다.

    동작을 정지한 엄마는 다시 머리를 조아리며 손을 비벼대며 움직였다. 무녀는 마치 바람을 타고 스르륵 내려오듯, 12계단을 가볍고 날렵하게 훌쩍 뛰어 내려와 엄마 앞으로 바투 다가섰다. 엄마 앞으로 다가간 무녀는 가까이 있는 대나무를 다시 집어 들었다. 그러고는 오른손으로 대나무를 잡아 흔들며 풀쩍풀쩍 제자리 뛰기를 했다. 둥둥 북소리가 다시 커졌다. 댓잎이 싸각싸각 소리를 냈다. 무녀 얼굴에는 땀이 죽처럼 쏟아져 내렸다. 무녀 입에서 괴상한 소리가 터져 나왔다. 혼자서 구시렁거리는 것 같기도 하고 휘파람을 휘휘 부는 것 같기도 했다.

    엄마는 쉬지 않고 계속 손을 비벼대며 몸을 굽실거리고서는 도저히 알아들을 수 없는 말로 혼자 중얼거렸다. 갑자기 무녀가 뛰는 것을 중단하고 북 치는 남자를 향해 대나무를 쭉 뻗으며 가리켰다. 그러자 남자는 돌연 북 치는 걸 중단했다. 주위가 한순간 고요해졌다. 무녀는 고개를 숙인 채 두 눈을 감고 양손으로 대나무를 쥐어 잡고 머리 위로 바싹 쳐들어 올렸다. 댓잎도 얼어붙은 듯 잔가지에 말없이 꼭 붙어 있다. 그 모습이 엄숙해 보이는지 다들 숙연한 표정으로 바라봤다.

한참 만에 무녀는 고개를 들고 군중 속에 서 있는 나를 발견하고 서는 내 눈을 쨰려보며 성큼성큼 다가왔다. 그 눈매가 너무 무서워 얼굴을 돌려버렸다. 다짜고짜 무녀는 남자아이 목소리로 뜨겁다고 고함을 지르며 댓잎으로 무작정 나를 때렸다. 속수무책으로 매를 맞고 있었지만 아프지는 않았다. 이 느닷없는 상황에 사람들이 일제히 나를 주시했다. 나를 발견한 엄마도 놀란 표정으로 보고 있었다. 창피하기도 하지만 두려움이 밀려들었다. 별안간 무녀는 12계단을 향해 날렵하게 뛰어가서 작두 한 자루를 집어 들었다. 그러고는 방향을 틀어 북 치는 남자 가까이 걸어가더니 방울 달린 나뭇가지 하나를 집어 올렸다. 수많은 방울 소리가 바닷가로 딸랑딸랑 울려 퍼져나갔다. 무녀는 나뭇가지를 흔들며 칼춤을 추기 시작했다. 칼이 하늘의 몸뚱어리를 여기저기 매몰차게 잘랐다.

춤을 멈춘 무녀 입에서 난데없이 죽은 아이의 단호한 음성이 튀어나왔다. 아이로 빙의된 무녀가 별안간 나를 죽일 듯이 달려들었다. 한 손으로는 시퍼런 칼로 나를 쑤셔댈 듯이 사방으로 무시무시하게 휘두르고, 다른 한 손으로는 방울 달린 나뭇가지를 휘휘 흔들어댔다. 나를 똑바로 주시하고 있는 무녀의 벌건 눈알이 귀신처럼 무섭게 변해 섬뜩했다. 공포가 엄습하여 어깨를 움츠렸다. 엄마가 새파랗게 질린 듯한 모습을 하고는 이쪽으로 크게 소리치며 달려왔다.

"우리 경아는 아무 죄 업심더! 조상님 용서해 주이소!"

엄마는 두 팔을 허공을 향해 훠이훠이 휘저으며 무녀를 끝끝내 저지하고, 서럽게 울먹이고는 말을 내뱉었다. 나는 중심을 잡지 못하고 비틀거렸다. 다리가 후들거려서 더는 서 있기가 곤란해 그 자리에 쭈그리고 앉아버렸다. 그 와중에도 쉴 새 없이 움직이고 있는 무녀의 칼날에 엄마가 베일까 봐 가슴이 떨려왔다. 그리고 엄마의 줄기찬 방어행위를 안타까운 마음으로 올려다봤다. 그러자 목울대에서 뜨거운 것이 쏙 올라오는가 싶더니 눈물이 주르륵 내 뺨을 타고 흘러내렸다.

갑자기 무녀의 민첩한 행위가 힘을 잃은 듯 움직임이 없었다. 엄마도 행동을 멈추고 흐느꼈다. 그때 돌연 엄마가 구토를 웩웩해댔다. 그 순간 엄마가 혹시 몹쓸 병에 걸리지 않았을까 하는 두려움이 일었다. 엄마가 올려낸 토사물이 바람에 실려 지독한 냄새를 풍겨냈다. 어느 정도 진정된 듯 엄마는 머리를 들고 나를 똑바로 바라봤다. 무녀가 따스한 눈짓으로 미소를 띠고 엄마와 나를 번갈아 가며 쳐다봤다. 그때 어디에 있다가 나타났는지 준서가 나에게 불쑥 손을 내밀었다. 무슨 까닭인지 나는 그 손을 잡으면 안 될 것 같아 준서 손을 외면하고 엄마 손을 잡고 일어났다.

그날 굿판을 본 이후로 나는 준서 엄마를 슬슬 피해 다녔다. 어쩌면 내가 준서와 멀어진 게 준서 엄마가 무서워서 가까이 가지 않았는지도 모르겠다.

　나는 해운대여중에 들어가고 준서는 해운대중학교에 들어갔다. 준서와 나는 길거리에서 만나도 모르는 척하며 지나쳤다. 수돗가에서 만나도 마찬가지였다. 언니와 오빠가 바다에 빠져 죽고부터는 아예 바다에 들어가지 않았다. 들어가고 싶은 마음도 전혀 없었을뿐더러, 아버지와 엄마 역시 우리에게 일절 바다 가까이 가지 말라고 단단히 못을 박았다. 바닷가에 살고 있었지만 나에게 있어서의 바다는, 멀리서 조망하는 풍경에 지나지 않았다. 여고 3학년 때 아버지가 간암으로 죽었다. 땅들에 대한 회한으로 똘똘 뭉쳐져 암 덩어리가 되었다. 우습게도 아버지가 죽고 나자 우리는 재판에 이기기 시작했다. 그때부터 엄마에게 돈이 들어왔기에 동래시장 근처 아파트로 이사했다. 왜 하필이면 또 시장 주위냐고 엄마에게 말하니 편리하다는 것이 이유였다.
　1980년 5.18 광주 민주화 운동이 일어난 지 이 년 후인 1982년 3월 18일에 부산 미문화원 방화사건이 일어났다. 그해 나는 국문과를 선택해 대학에 들어갔다. 대학에 들어가서 첫 수업에 들어갔는데 준서가 앉아 있었다. 놀랍기도 했지만 반갑기도 했다. 하지만 어색함은 여전히 둘 사이를 가로막고 있어 누구도 선뜻 말을 건네지 못했다. 그도 그럴 것이 12년 동안 한집에 살면서 말 한마디 하지 않고 살아왔으니, 말을 꺼내기도 민망할 터였다. 알고 보니 준서도 국문과에 들어왔다.

그렇게 몇 달이 흘러갔다. 다들 한두 번쯤 하는 미팅이니 소개니 하면서 나도 그런 시간을 보냈다. 한 학기가 끝나고, 여름방학이 지나고, 2학기가 시작되고, 가을이 끝나갈 무렵이었다. 그때까지도 준서와 눈도 한번 마주치지 않았는데 생각해보니 우스웠다. 누군가에게 우리 사이를 말하면 이상하다고 여길 것이 분명했다. 어느 날 수업을 마치고 집으로 가려고 정류장에서 버스를 기다리는데 놀랍게도 준서가 다가왔다. 그때까지 한 번도 생각하지 않았는데 준서는 생각보다 출중한 외모를 지녔다. 키도 훤칠했으며 이목구비 또한 나무랄 데 없이 뚜렷했다. 내 앞에 서 있는 드레진 듯한 남자가 어릴 때부터 봐왔던 준서 맞는가 하고 잠시 어리둥절했다. 준서가 머뭇거리며 나를 똑바로 보지 못하고 시선을 어디로 둬야 할지 몰라 당황스러워했다. 나 역시 부끄럽기도 해서 그냥 미소만 띠고 있었다.

"오랜만이야. 아, 아니지 늘 봐 왔으니까 반갑다고 해야 하나?"

준서는 바지 호주머니에 찔러 넣은 오른손을 꺼내더니 싱긋 웃으며 머리를 씩 한 번 긁어대고는 말을 건넸다.

"반가워. 같은 과에 들어올지 꿈에도 생각 못 했어."

좀 쑥스러웠지만 웃음을 머금고 말했다.

"오늘 시간 좀 있니?"

"응. 있긴 한데 왜?"

"나 이번 학기말시험 마치면 신체검사 받고 바로 군에 갈 것 같아."

준서의 이 한마디가 소원하고 어색한 관계를 다소나마 누그러뜨렸다.

"그렇게 빨리?"

"엄마도 이제 나이가 들어 무녀 생활이 힘들어진 것 같아. 이사도 해야 하고. 그리고 또… 아 아니야, 아무것도 아니야."

준서가 뒷말을 흐리며 얼버무렸다.

"왜 말을 하다 말아?"

나는 머뭇거리고 있는 준서의 말투가 수상쩍어 재빨리 물었다.

"경아야, 넌 부산 미문화원 방화사건을 어떻게 생각하니?"

준서가 신중한 표정으로 뜬금없이 방화사건을 끄집어냈다.

"뭘 어찌 생각해? 방화라는 극단적 방법이 옳지 않은 거지."

"단지 그렇게만 생각해? 그들이 왜 그런 폭력을 행했는지는 관심 없고? 말이 나와서 하는 말인데 폭력은 신군부가 먼저 일으켰지. 또 그런 군사독재정권을 암묵적으로 비호하고 용인한 미국 정부에 대한 비판이었고."

"야, 너 설마 그 사건과 연관된 건 아니지? 그렇지? 이제 막 대학에 입학했는데 그럴 리야 없겠지만."

난 혹시라도 준서가 그것에 연루된 게 아닌가, 노심초사하며 물었다.

"… 직접적인 연관이야 없겠지만… 그렇담 벌써 체포되었겠지… 하지만…."

준서가 말을 쭉 이어가지 못하며 끊고 또 하고 암튼 내 눈에 이상하게 보였다.

"하지만 뭐? 너 아무래도 수상해. 대관절 뭔 일이 있었는지 속 시원히 말해봐."

"무고한 우리 학교 학생이 죽은 건 가슴 아파. 사람의 생명은 고귀하니 누구든 함부로 할 권리란 없어… 그렇게 무차별적으로 폭력을 가한 군사독재정권은 아예 말할 가치도 없고… 문득 이 말이 네게 하고 싶었던 거야."

"단지 그것뿐인 거야? 내게 속이는 건 없고?"

"응, 없어."

"그렇다면 다행이고. 근데 이사는 왜 하는데?"

아무래도 좀 꺼림칙한 언행이었음에도 나는 그냥 말머리를 돌려버렸다.

"주인이 집을 허물고 건물을 짓는다고 집을 비우라고 해."

"그럼 세 사는 사람들 다 이사 가겠네."

"아마도."

"이사 갈 곳은 정했어?"

"응, 송정 쪽에."

"넌 바닷가가 지겹지도 않니?"

"전혀. 바다는 내게 많은 추억을 안겨다 주었어."

"난 바다가 지긋지긋해. 해운대는 내게 슬픔만 안겨 주었어."

"넌 왜 국문과를 선택했어?"

"그러는 넌?"

"내가 먼저 물었어."

"치, 모르겠어. 언젠가는 내 안의 깊은 상처를 소설로 써야지만 아물어질 것 같아서야."

"그렇담 너도 소설 쓰고 싶은 거네?"

"뭐야, 너도 소설을 쓰려고 국문과로 온 거였어?"

"응. 우리 여기서 이럴 게 아니라 해운대로 가자."

준서와 나는 버스를 타고 해운대로 갔다. 우리는 동백섬을 한 바퀴 빙 돌고 있었다. 늦가을이라 발그레 익은 피라칸사스 열매가 연어알처럼 빼곡히 박혀 있다. 조금 더 걸어가니 인어상이 눈에 들어와 우리는 걸음을 멈추었다.

"저 인어는 사시사철 춥지도 않은가 봐."

내가 몸을 움츠리며 말했다.

"추워?"

"그 정도는 아니야."

"넌 저 인어 전설에 대해 알고 있니?"

"정확히는 몰라. 넌 자세히 알아?"

"응, 알아."

"이 기회에 어디 한번 들어보고 싶네."

"그러지 뭐."

 황옥공주를 본 은혜왕은 그 후로부터 공주를 잊지 못해 그리워하며 하루하루를 보냈지요. '그 여인이 대체 누구지? 어쩜 그렇게 아름답고 고울 수가 있을까? 바닷속으로 몸을 던졌다는데 죽지는 않았을까?' 은혜왕의 시름은 깊어만 갔어요. 공주 역시 그날 은혜왕을 보고 가슴속에 연정이 타올랐어요. 무궁국의 경이로운 풍경과 함께 은혜왕의 당당한 기품이 아련히 떠올라 밤에 쉬이 잠들지 못했지요.

 한편, 나란다국 임금은 공주의 신랑감을 찾고 있었어요. 그러던 중 어느 날, 꿈속에 신령님이 나타났답니다. '바다 건너 무궁국의 은혜왕에게 딸을 시집보내야 하느니라.' 꿈에서 깨어난 임금은 그 꿈이 필시 현몽이었음을 알아차렸답니다. 해서 즉각 거북이를 불렀어요.

"수정국에 또 한 번 가서 공주의 혼사에 대해서 부모님과 의논하고 오너라!"

"예, 임금마마 그리하겠사옵나이다."

거북이는 물살을 가르며 수정국으로 향했습니다.

"오! 다시 만나게 돼 반갑구나! 또 어인 일이더냐?"

"그동안 지체 무강하셨사옵니까? 다름이 아니오라 공주님께서 결혼하시려는데 부마가 될 분이 뭍에 사시는 무궁국의 임금님이시옵니다. 어찌하면 좋을지 방도를 알려줄 것이라 하셔서 이렇게 왔사옵니다."

"오, 그래? 그렇다면 당연히 우리가 그 방도를 알려줘야지. 이렇게 하면 되느니라. 공주가 무궁국에 가서 뭍으로 올라가자마자 바로 하늘에 떠 있는 해를 향해 공주의 겹겹이 걸쳐 입은 옷 중 제일 깊은 속옷을 신령님께 정성스레 바치면 된다고 전해라."

"예 마마, 그리하겠나이다."

거북이는 전처럼 환대를 받으며 가족과 또 해후하여 즐거운 한때를 보내고는 나란다국으로 돌아와 임금에게 고했지요.

"오! 그러하더냐? 그럼 내일 당장 너는 공주님을 모시고 무궁국으로 떠나거라."

거북이와 공주는 함께 무궁국으로 출발했습니다. 공주는 곧 은혜왕을 만난다는 생각에 뛸 듯이 기뻤답니다. 거북이는 공주의 즐거워하는 모습을 보고도 전혀 섭섭하지 않았어요. 그는 공주가 행복해하는 그것으로 충분했지요. 드디어 그들은 무궁국의 동백도에 도착했어요.

"공주마마, 속옷을 정성껏 신령님께 바치시옵소서."

"알았어."

이윽고 인어공주는 해송과 동백나무 사이로 몸을 숨기고는 속옷을 벗어 신령님께 바쳤답니다. 그러자 갑자기 저녁노을 빛에 반짝이는 속옷이 바람에 나부끼며 하늘 멀리 날아가 사라졌고, 공주의 몸은 신기하게도 발이 갖춰진 사람으로 변했지요.

"어머! 내 몸의 아랫부분이 완전히 다르게 변해버렸어!"

너무 놀란 공주는 당혹감을 감추지 못하고 거북이에게 쪼르르 다가가 그를 빤히 내려다보며 말했어요.

"공주마마, 이젠 뭍에서 사시려면 뭍사람들과 똑같은 외양을 가지셔야 하옵니다. 신령님께서 도와주셔서 참으로 다행스럽습니다."

"그래?"

공주는 기쁘기도 했지만 당황스럽기도 했지요.

한편, 은혜왕도 나란다국 임금과 똑같은 현동을 꾸고 황옥공주를 기다리고 있던 참이었어요. 마침내 은혜왕은 매일 그리워하던 그 여인임을 알고 대단히 기쁜 마음으로 공주를 맞이했답니다.

"오! 어서 오시오. 그대를 진심으로 환영하오. 그날 이후 언젠가는 필히 만날 것만 같은 기분이 들었소이다."

은혜왕의 진심 어린 말에 공주도 백옥 같은 뺨을 붉히며 기뻐했어요. 마침내 은혜왕과 공주는 짝을 맺었지요. 거북이는 마음속으로 언제나 공주가 행복하기만을 빌었답니다. 세월이 흘러 황옥왕비는 은혜왕의 사랑을 담뿍 받으며 행복에 겨운 나날들을 보냈어요. 하지만 이따금 나란다국을 그리워하며 눈물을 흘리곤 했지요.

"마마, 수정국의 대왕대비 마마가 저에게 선물한 황옥거울이옵니다. 보름달이 뜨는 날, 이 거울을 쳐다보면 꿈에도 그리운 고향의 정경이 나타날 것이옵니다."

왕비를 모시던 거북이는 고향의 향수에 젖어 매일 눈물을 흘리고 있는 공주를 보고 있자니 칼로 가슴을 찌른 듯 아팠습니다. 하여 왕비에게 자신의 소중한 거울을 건네주면서 일러주었지요.

"정말?"

"예 그렇사옵니다. 저도 지금껏 그렇게 하며 고향에 대한 그리움을 떨쳐버릴 수가 있었사옵니다."

"고마워. 그럼 이걸 나에게 줘버리면 넌 어떻게 하지?"

"저는 그동안 이것으로 인해 마음을 많이 달래었기에 걱정하지 않으셔도 되옵나이다."

"그래? 그럼 다행이야."

드디어 망월의 밤, 거북이가 시키는 대로 왕비는 거울을 만월에 비추어 보니 꿈속에서 그리던 나란다국이 나타났지요.

"아, 고향이 나타났어! 어마마마와 아바마마도 눈에 보이네. 흑흑."

왕비는 기쁨의 눈물을 감추지 못했어요.

하여 왕비는 거북이의 덕택으로 비로소 나란다국에 대한 그리움을 떨쳐버릴 수가 있었지요. 하지만 안타깝게도 거북이는 꿈에도 그리는 고향을 볼 수가 없게 되었으나 사랑하는 이를 위한 일이라 생각하고는 자신의 슬픔 따위는 능히 참을 수가 있었어요. 무궁국도 번성하고 황옥왕비는 행복하게 살았답니다. 이따금 왕비는 고향을 그리워하며 슬퍼하다가 거북이한테서 받은 옥 거울을 달에 비춰 나란다국과 부모를 보며 향수를 달랬지요. 신기하게도 그때 왕비는 인어공주로 변하여 바닷속을 마음대로 헤엄칠 수가 있었어요.

"이 모습을 가끔 목격한 사람들에 의해 해운대 동백섬 앞바다에는 인어가 있다는 풍문과 함께 오늘날까지 이야기가 전해져 내려오고 있는 거지."

"황당하지만 제법 흥미로운 전설이네."

"난 전혀 황당하지 않아. 우리나라에는 난생신화가 많아. 고주몽, 김알지, 김수로왕, 박혁거세, 석탈해왕, 이 모두 알에서 태어난 임금들이지. 이들은 신의 은총을 입은 인물들이야. 울 엄마는 신비로움을 직접 체험한 분으로 바다에도 신령님이 계신다고 그랬어. 천신, 산신, 해신은 지금까지도 엄연히 존재하고 있어. 다만 우리가 그걸 감지하는 능력이 부족할 뿐이지."

"듣고 보니 너 앞으로 대단한 신화작가가 될 것 같은데."

"사람들이 왜 풍어제를 올리고 굿을 하겠어? 다 그럴만한 이유가 있으니 하는 거야."

"그럴지도 모르지."

"아주 옛날에는 이 일대가 전부 늪지대로 거북이가 많이 살았던 곳이야. 그러다가 토사물이 점점 퇴적되어 육지로 변해버렸지만."

"그건 나도 들어서 알아. 우리가 살았던 해운대 시장도 지대가 낮아서 옛날에는 갈대와 등심초가 많이 자랐던 곳이래. 근데 궁금한 게 있어."

나는 갑자기 준서가 나를 피해 다녔던 과거를 기억해내고는 그 이유가 궁금했다.

"뭔데?"

"그동안 왜 날 피하기만 했어?"

"… 그냥… 그냥 내 처지가… 너도 날 피하긴 마찬가지 아니었어?"

"그건 그러네."

그날 밤늦도록 호프집에서 술을 마셨다.

"생각나? 어린 시절 태풍이 오던 날의 백사장, 지붕 위, 그리고 바다에 떠다니면서 우리 둘이네, 우리 둘뿐이네, 그랬지."

준서가 갑자기 옛 추억을 끄집어냈다.

"그래, 생각나. 우리 둘이다, 그랬어. 오빠와 언니가 죽었던 날, 튜브에 매달려 바다로 흘러나갔던 그때도 맞아, 우리 둘이네, 그랬지."

"그래, 지금도 그래. 지금도 우리 둘이다."

"그래, 우리 둘이야."

그날 우리는 여관으로 갔다. 준서도 나도 첫 경험이었다. 나는 다시 비 내리는 지붕 위에, 그리고 그 먼바다에 떠 있는 것 같은 기분이 들었다. 준서가 우리 둘이다, 하고 속삭였다. 우리는 그날 밤을 뜬눈으로 지새웠다. 준서가 휴가를 나오면 우리는 또 함께 밤을 보냈다.

*

내가 대학 졸업반일 때 지루하고 끈질긴 재판이 끝이 났다. 긴장감을 놓아버린 탓인지는 몰라도, 엄마가 병이 났다. 그러던 터에 일본에 사는 엄마의 사촌 여동생이, 친척이라며 재일교포를 중매했다. 그때만 하더라도 일본 사회의 생활 수준이 높은 데다 재일교포라면 괜찮은 상대라고 취급됐다. 더구나 이모는 남자가 뭐 하나 빠지는 데 없고 앞으로 사정에 따라 한국에 나가 살 수도 있어 결혼 상대로서는 완벽하다고 했다. 나는 당황스러웠다. '어느새 나도 결혼할 나이에 이르렀구나. 결혼한다면 반드시 준서가 돼야 하지 않은가? 준서 말고 누구와 결혼한단 말인가.'

우리는 컴컴한 학사 주점에 앉아 동동주를 마셨다.

"중매가 들어 왔어."

휴가 나온 준서에게 내가 말하자 군복을 입은 준서가 빤히 나를 쏘아봤다.

"중매?"

"엄마가 건강이 안 좋아 사촌 여동생한테 부탁한 모양이야. 엄마가 살아 있을 때 내가 결혼하는 걸 보고 싶다고."

"어떡할 거야?"

"뭘 어떡해?"

"중매가 들어 왔으면 결정해야 하잖아?"

"뭘 결정해?"

"만나 볼 거야? 그 사람?"

나는 혼란스러웠다. 중매라는 말만 나와도 준서가 펄쩍 뛸 줄 알았는데 그의 태도는 너무나 내 생각과는 거리가 멀었다. 준서는 계속 나를 빤히 쳐다보고만 있었다.

"네 생각은 어때?"

나는 심한 치욕을 느꼈지만, 꾹 참고 준서에게 물었다.

"내 생각?"

"내가 시집간다는 데도 넌 아무렇지도 않아?"

"내가 시집가지 말라고 말할까?"

"너… 너 참 이상한 애로구나?"

나는 목이 떨려 더는 말을 할 수가 없었다.

"뭐가?"

"아냐, 그만둬."

"내가 시집가지 말라고 하면 가지 않을래?"

"그만두라니까, 새끼야."

나는 소리를 질렀다. 사람들이 우리를 돌아봤다.

"그럼, 시집가지 마, 그만두라고."

"술이나 마셔, 새끼야."

그날 밤 자리에서 일어날 수 없을 만큼 취해 탁자에 엎드려 그대로 잠들었다. 준서가 나를 업고 근처 여관으로 갔다. 나는 화장실에서 토하고 준서가 술 깨는 약을 사러 나갔다. 새벽에 눈을 떴다. 준서도 깨어났다. 우리 둘이다, 라는 말은 누구의 입에서도 나오지 않았다. 나는 준서가 잠에 빠져드는 걸 보며 여관을 나왔다. 새벽 거리에서 나는, 준서와 절대 결혼할 수 없다는 결론을 내렸다. 이튿날 준서가 집으로 전화를 걸어 왔을 때도 받지 않았다.

결혼식을 며칠 앞두고 준서가 전화를 해왔다. 모든 결정이 끝났으니 마지막으로 못 만날 이유가 없다고 생각했다. 아마 가을이었던 것으로 기억한다. 해운대 모래밭에서 준서가 군대식으로 거수경례를 했다.

"건강해 보이네."

"넌 더 예뻐졌네."

"고마워. 넌 내년 봄학기에 복학하겠네. 난 졸업하는데."

"학비를 좀 벌기 위해 복학은 천천히 하려고 해."

"그렇구나. 결혼식 날짜가 잡혔어."

"남편은 어떤 사람이야?"

"재일교포야. 일본에 사는 이모가 중매했는데 이모 친척으로 회사 다니고 그냥 평범해."

"일본으로? 이제 보기 어렵겠구나."

"그래, 한국이 싫어졌어. 멀리 떠나고 싶어."

준서는 모래사장에 앉아서 오른발로 모래더미를 휘휘 걷어찼다. 나는 차라리 담담했다. 준서 역시 그럴 것 같다는 생각이 들었다. 우리는 한동안 말없이 땅에 코를 박고 모래만 쳐다봤다. 그때 준서가 무언가 생각난 듯 말했다.

"너 그거 생각나? 바로 여기에서… 우리 두 사람… 저…."

"그만둬. 옛날얘기라면 다 잊었어."

"생각 안 나?"

"그래, 이제 다 잊어버렸어."

"그래, 그래야겠지… 나도 간혹 내가 누구인지 모를 때가 있으니까."

준서가 일어서더니 바지와 손을 탈탈 털더니 나에게 손을 내밀었다. 나는 준서가 내민 손을 잡고 자리에서 일어났다. 갑자기 준서가 나를 보며 아까 하려다 그만둔 말을 다시 끄집어냈다.

"경아야, 우리가 이 세상에서 유일하게 둘만 있었던 때가 있었지…."

"어릴 때의 유치한 놀이였지. 술 한잔할까? 이게 마지막일지 모르는데."

나는 해운대 시장 쪽으로 앞장섰다. 옛날 우리 집 앞을 지났지만, 고개조차 돌리지 않았다. 술을 마신 후 헤어질 때 어디서든 행복하게 지내라고, 나는 말했다.

3

우리는 동백섬을 돌고 있었다.

"해운대도 동백섬처럼 원래는 섬이었다고 해. 장산 폭포에서 흐르는 물에 의해 흙, 모래, 자갈들이 내려와 쌓이면서 육지와 연결되어 육계도가 된 거지."

"넌 모르는 것이 없구나. 난 조상 대대로 해운대에 살아왔지만, 표면적인 것밖에 몰라."

"관심과 무관심의 차이일 뿐이야."

"그런가?"

나는 반쯤 수긍하는 자세로 고개를 갸우듬히 하고 말했다.

어느새 인어상이 보였다.

"인어상이 옛날 모습과 좀 다른 것 같지 않아?"

"맞아, 74년에 처음으로 설치되었는데 아마 네가 일본으로 떠난 그 이듬해일 거야. 태풍 셀마호에 유실되어 새로 제작해 설치되었어."

"그럼 그렇지, 아무리 봐도 좀 이상했어. 퉁퉁해진 것 같기도 하고. 네가 나에게 얘기해 준 인어공주 전설이 생각나. 재미있었어."

"고마워."

"고맙긴. 근데 네 소설에는 내가 모르는 새로운 사실들이 제법 나와 있더구나. 나란다란 나라도 그렇고, 공주를 사랑한 거북이가 살았던 곳이 동백섬이란 것도 그렇고."

"그땐 내가 대충 사람들에 의해 떠도는 말로 너에게 말했지. 막상 소설을 쓰려고 자료를 조사하다 보니 그런 사실들이 나왔던 거야."

"그럼 정말로 나란다란 나라가 일본 대마도란 말이지?"

"응, 그래."

"그리고 황옥왕비가 죽었는데도 그 거북이가 공주를 영원히 잊지 못하고 계속 살아온 곳이 이 동백섬이란 것도 진짜란 말이지?"

"어."

"그게 사실이라면 거북이가 너무 불쌍해."

"내가 자료를 조사한 바에 의하면, 그 거북이의 죽은 영혼이 지금까지도 왕비를 그리며 동백섬을 맴돈다는 설이 전해지고 있어. 해서 동백섬이 일명 '거북산'으로 불렸던 사실도 찾아냈어."

"정말?"

"그래. 사실 신화와 전설, 설화 따위는 픽션과 논픽션의 결합체라고 할 수 있지. 정확히 말하면 많은 사람들에 의해 각색되고, 첨삭되어 새로운 허구가 계속 탄생하는 거지."

"여하튼 재미있는 전설인 것 같아."

"결국, 그 거북이는 어릴 때부터 사랑한 인어공주를 위해 소중한 황옥거울을 주었지. 하여 공주는 해운대의 해 덕분으로 완전한 사람이 되었고, 해운대 달의 덕분으로 고국에 대한 향수를 달랠 수 있었어. 해서 해운대는 해와 달로 꿈이 이루어지는 곳이란 말도 있어."

"과연. 하지만 그 거북이 삶이 너무 가슴 아파."

"사랑이란 원래 그래. 거북이는 공주가 행복하게 사는 모습만 보아도 행복한 삶을 누리고 있다고 생각하는 존재지. 또한, 공주도 거북이를 좋아했으니 따지고 보면 그리 불쌍한 것도 아니지. 우정 비슷한 감정 같은 게 있었으니까. 어찌 보면 사랑보다 우정이 더 고귀한 감정일 수도 있어."

준서 말을 듣고 우정과 사랑의 감정들이 미묘하게 교차했다.

"그럼 왕비가 죽고 그 황옥거울은 다시 원래의 주인으로 돌아온 거겠지?"

"그렇지. 아마 거북이는 공주가 사용했던 그 거울이 있었기에 왕비가 죽고도 그 수많은 나날을 저 홀로 견디며 살아갈 수 있었던 게 아닐까 생각해."

"공주의 감촉이 알알이 배어있는 거라는 의미겠지?"

"그래."

이 말을 들어서인지 아직도 그 거북이가 죽지 않고 이 주위를 떠돌고 있을 것만 같은 기묘한 느낌이 들었다.

"경아야, 실은 인어 전설 얘기한 그날, 너에게 말하지 못했던 게 하나 있었는데…."

"뭔데?"

"나… 실은… 부산 미문화원 방화사건에 간접적으로 관여한 적이 있었어."

"뭐?"

"한땐 나도 운동권으로 들어가려고 한 적이 있었거든. 엄마 때문에 결국 못 했지만."

"설마 했는데 역시 그랬구나. 사실 말은 하지 않았지만, 그 당시 네가 어느 정도는 관여했을 거란 느낌이 있었어."

"그랬었니? 내가 그 유인물 문구를 작성하는데, 도움을 준 거야. 내 친구 형인데 내가 글 좀 쓴다고 내게 부탁을 해왔거든. 하지만 방화까지 하는 줄은 몰랐어. 지금 생각해보니 소설 쓰듯 구구절절 써줬는데 아쉽게도 내 의사는 반영되지 않았지. 부끄러운 일이지만 그게 오히려 나를 안전지대로 대피시켰는지도 몰라. 당국에서도 나를 어느 정도 의심은 했지만, 불행인지 다행인지 물증이 없었던지라 나를 체포할 순 없었지. 그런 이유로 정부에서 군에 입대하라고 엄포를 놓더군. 하여 급하게 군에 갈 계획을 세웠던 거야."

"대학에 갓 들어갔는데 언제 방화에 관여할 서가 있었던 거니?"

"모든 관여는 관심으로부터 출발하지. 관심을 두고 보면 저도 모르게 본질을 꿰뚫어 보는 안목이 생겨. 우등생도 공부에 관심을 두니 잘하기 마련인 것처럼. 그러니까 무관심이 사회문제에 둔감할 수밖에 없는 거겠지. 고등학교 다닐 때부터 사회에 관심을 좀 가졌어. 내 친구 형이 데모에 적극적이었거든."

"그럼 군 복무 마치고 복학하고는 데모에 일절 가담하지 않았어?"

"그렇다고 봐야지. 엄마 건강도 악화한 데다가 먹고 사는 일이 더 급했거든."

"그랬구나."

"네가 태어난 날이 묘하게도 박정희 군부정권이 시작된 날이기도 하지?"

"그래. 우연히도 그날이 내 생일이었어. 우리 부모님 세대야말로 선거하지 않으면 큰일 나는 줄로만 알았지. 그날 울 엄마는 진통이 오는 배를 틀어쥐면서까지 선거하러 갔으니 말이야. 네 말마따나 무관심이 문제인 것 같아."

"불의를 보고 무심한 요즘 사람들 보면 막연히 불안해. 그래도 과거에는 불의에 투쟁한 정의로운 이들이 제법 많았지. 지금은 다들 자기중심적이야."

"경제적으로 윤택해질수록 사람들 관심이 더 물질적으로 흘러."

"더 이기적으로 변하지. 내 마음 한쪽에는 부채 의식이 늘 자리하고 있어."

"그건 왜?"

"아까도 말했지만 난 내 형편 때문에 오로지 내 삶에만 관심을 두고 살아왔어. 그러다 보니 타인의 삶에 둔감해지더라."

"대다수 사람이 그렇지 않아? 자신이 손해 보기 때문에 부당함을 알고도 외면하며 살아가지. 누군가가 바로잡아주기만을 바라면서 말이야. 그러기에 자신에게 불이익이 와도 불의에 과감히 뛰어드는 사람이 먼 훗날 존경을 받게 되는 거지."

"과연 그럴까? 역사란 승리한 자들에 의해 조작된 사실에 불과해. 우리가 알고 있는 역사의 진실이란 거의 존재하지 않아."

"그건 옛날에야 그랬겠지만, 오늘날엔 거의 불가능하지 않을까?"

"옛날보다 오늘날이 더 교묘하고 지능적이야. 넌 유사 이래 이 세상이 좋은 쪽으로만 발전했다고 생각하니?"

"심각하게 생각해보지 않아 잘 모르겠어."

"난 인간들의 욕망이 갈수록 커지고 있다고 믿어. 욕망이 클수록 이기심도 커지게 마련이지. 역사적 진실마저도 부풀어 오른 이기심과 함께 은폐될 수 있다는 게야."

"사람들의 순수함이 점차 사라짐에 따라 역사 왜곡도 심해지겠지. 그러기에 다양한 역사관이 존재해야겠고. 대부분 사람은 눈앞에 보이는 이득만 생각하는 범인일 뿐이고. 나 역시 그래. 네 견해에 의한다면 나도 너처럼 올바른 역사 흐름에 대한 부채 의식이 존재하겠지. 너보다 훨씬 많이. 난 지금까지 사회에 그리 관심 없었어. 오직 내 삶이 중요했지. 그래도 넌 간접적으로나마 옳지 않은 일에 항거한 적이 있었잖아. 난 그것조차 없었어."

"피, 그런 말 들으니 부끄럽네. 그러니까 내가 글을 쓰는 까닭이 그런 부채 의식을 조금이라도 갚아주고 싶은 갈망 같은 거라고 할 수 있겠네."

"역사도 신화나 전설처럼, 시대의 흐름에 따라 새롭게 각색되고 윤색되기도 해서, 진실이 왜곡된 오류를 범할 수도 있을 것 같아."

"그럴 수 있겠지. 내 소설 '인어공주를 사랑한 거북이' 역시 나에 의해 새롭게 태어났으니 말이야. 어찌 보면 역사도 허구인지 모르지.

결국, 역사든 전설이든 신화든 수많은 이들에 의해 재해석되어 새로운 허구적 진실이 끊임없이 탄생하는 거겠지."

"극동호텔은 언제 문 닫았어?"

"89년에 문을 닫았어. 86년 아시안게임으로 인해 수영요트경기장 공사가 시작될 무렵, 운촌항에서 멸치잡이하는 어부들은 기장의 대변항으로 옮겨갔지. 울 아버지도 한때는 운촌에서 멸치잡이를 했었지."

"난 전혀 기억이 나지 않는데."

"아버지는 멸치가 많이 잡히는 철에만 가끔 일했어. 그 당시 발동기가 장착되어 통통 소리가 나는 통통배를 소유한 어부들은 부자였지. 가난한 어부들은 목선을 탔고. 나무배는 돛을 올리면 바람에 의해 배가 가지만 바람이 불지 않을 때는 노를 저어야 하는 불편함이 있어. 아버지 소원은 모터 배를 갖는 거였어. 그 꿈을 이루어보지도 못하고 안타깝게 하늘나라로 갔지."

"오늘 너를 대하고 보니 너는 나보다 많은 걸 가졌다는 생각이 들어."

"뭐가?"

"모든 것이 그래. 난 해운대를 잊기만 하려는데 넌 기억하고 추억하고 해운대의 잊힌 비밀도 파헤쳐 알아가려고 하니, 누가 본토박이인 줄 모르겠네."

"그런가? 다 생각하기 나름이지."

우리는 어느새 송림공원에 들어섰다. 범부채꽃이 우리를 맞이하듯 활짝 웃고 있었다.

"이제 송림공원도 규제일몰제에 따라 개발이 곧 이루어질 거야. 모든 게 하나씩 사라지고 있어."

"그래도 아직 여전한 게 있다면 동백섬과 인어상과 송림공원과 바다뿐인데 이제 송림공원도 개발이 된다니 안타까워."

"보존의 가치보다 효용의 가치가 늘 앞서지. 이 땅 대부분이 한때 너희 땅이었지?"

"그것만 생각하면 화가 나. 나를 비롯한 내 형제들은 그래서 여기를 떠났어. 무려 15년 동안 재판했어. 우리 엄마 아버지도 결국 그 일로 돌아가신 거나 마찬가지였지. 내가 얼마나 재판에 한이 맺혔으면 판사까지 되려고 했을까 싶다. 두 번 다시 해운대에 발을 딛고 싶지 않았는데 너로 인해 해운대 땅을 밟고 있으니 묘한 기분이 들어."

다음 날 우리는 기장 대변항으로 갔다. 포구 쪽으로 내려가니 왁자한 소리가 몸에 와 부딪친다. '신선함 그리고 맛과 멋으로 통하는 기장 멸치'라 적혀 있는 현수막이 바람에 펄럭거렸다. 열 명가량 되는 남자들이 바다 가까이에서 거대한 후릿그물을 잡고 박자에 맞추어 은백색 멸치를 털어내고 있었다. 펄떡거리는 수많은 은빛 멸치들이 햇빛에 반짝거리며 하늘로 솟구쳐 오르내렸다. 남자들은 매끈하고 널따란 앞치마를 두르고 연거푸 몸을 역동적으로 흔들어댔다.

"봄 멸치의 보드라운 속살 한 젓가락 하실래예? 이리 오이소."

기묘한 의상과 짙은 화장을 한 중년의 여자가 우리를 식당으로 유혹했다. 우리는 웃으며 그 여자를 따라갔다.

커다란 쟁반에 각종 야채와 멸치가 초고추장에 버무려져 나왔다. 준서가 먹어보라 하며 나에게 손짓을 했다. 젓가락으로 미나리와 멸치회를 집어 입안으로 가져갔다. 맛이 그런대로 괜찮았다. 상큼한 미나리가 씹히니 한결 기분이 좋아졌다.

"멸치는 3월부터 5월까지가 맛과 영양이 가장 좋을 때야. 멸치는 칼슘 덩어리여서 여성들의 골다공증을 예방하니 많이 먹어."

"그 말, 듣기가 좀 그러네."

"내가 말실수했나?"

"실수가 아니라 실례인 거지."

우리는 함께 킥킥 웃는다. 창 너머로 바깥을 내려다봤다. 거대한 붉은 통에 아이들이 신발을 벗고 들어가 맨손으로 고기를 잡으려고 신중하게 걸음을 옮긴다. 준서도 고개를 돌리고 그 모습을 보며 '활어잡기행사'라 했다. 멸치 축제는 훈훈한 고향마을에 온 것 같은 분위기였다.

"기장하면 미역과 다시마가 예로부터 유명했지. 기장의 한자 표기는 베틀 기(機)와 베풀 장(張)의 기장이야. 옥황상제의 옥녀가 하강해 베틀을 차려서 비단을 짜고 물레질을 한 곳이라는 전래에서 이 같은 지명이 유래했다고 해. 바다에서는 대마 난류와 동한 한류가 전선을 이뤄 어족자원과 수산물이 생산되고."

"그것도 자료를 찾아서 알아낸 거야?"

"당근이지. 이 자료로 또 소설 쓸 건데."

"헐, 암튼 잘해봐."

우리가 같이 하하 호호 웃고 있을 때 식당 주인이 구운 멸치를 상 위에 얹어 놓았다.

"와, 크다."

"대멸이지. 가시가 많으니 단디 무그라."

"야, 갑자기 사투리 쓰니 이상하다야."

둘이서 또다시 웃고 있는데 밥과 멸치 찌개가 연이어 나왔다. 숟가락으로 국물을 한 술 떠먹었더니 사레가 들려 재채기가 튀어나왔다. 매워도 맛이 있었다. 준서가 밥 먹다 말고 어부들이 멸치 터는 장면을 유심히 바라다봤다.

"네 아버지가 저렇게 멸치를 털어냈던 기억은 나지 않지?"

"아니, 기억나."

"넌 어쩜 그렇게 기억력이 좋아? 내가 까마득히 잊어버린 것들도 다 기억하고."

"내 기억 속에는 성인이 돼 일어난 일보다 유년의 일들이 더 생생하게 기억나. 초등 때 어머니가 무녀란 걸 두고 애들이 많이 놀렸어. 그때부터 나는 모든 일에 소극적이었던 것 같아. 네가 결혼한다는 걸 알면서도 널 잡지 못한 이유도 그런 탓일 거야. 소중한 걸 지켜나갈 자신이 없었거든. 내 옆에 누가 오면 소중한 것들이 파멸될 거라는 생각에 빠져 있었지. 지금도 그 생각에서 자유롭지 않아."

"그런 생각으로 결혼은 왜 한 거야? 평생 혼자 살지 않고."

"엄마가 하도 성화였기에 결혼했는데 이것저것 나하고는 안 맞아 헤어졌어. 자식이 없어서 천만다행이었지. 그런데 딸은 네가 양육하니?"

"응, 내가 키워. 전남편이 생활비도 꼬박꼬박 챙겨줘. 착한 사람이야."

"근데 왜 이혼했어?"

"사랑하는 여자가 생겼댔어."

"그냥 사랑만 하면 되지 굳이 이혼까지…."

"사랑하지만 결혼 못 하는 사람들이 있듯이, 사랑하지 않아도 결혼하고 결혼생활을 지속하는 사람들도 많잖아."

"그건 네 경우도 마찬가지잖아? 왜 이혼했어?"

"너는 왜 이혼했어? 마찬가지 질문 아니겠어?"

"이혼하기 전엔 이따금 소식도 전하고 했는데 왜 이혼하고 나서는 우린 한 번도 연락하지 않았을까?"

"글쎄. 왜 그랬을까?"

"돌싱끼리 오늘 좀 편안한 마음으로 같이 자도 되겠네."

준서가 미묘한 웃음을 띠고 뜬금없는 말을 했다.

"언제는 불편한 마음으로 잤었니?"

새삼스러운 준서 말에 비웃듯 말을 되받았다.

우리 사이에 잠깐 어색하고 무거운 정적이 파고들었다.

"…내가 어떻게 거북이 님의 청을 거절하겠어."

나는 그렇게 말해버린다.

저녁 햇살이 바다에 빗질하듯 빛을 뿌리자 물결이 빛을 받아 반짝거렸다. 바다는 온통 금빛으로 눈부시게 빛났다. 석양이 오륙도가 보이는 저편으로 서서히 사라져 가자 바다는 금세 잿빛으로 변했다. 우리는 함께 호텔로 올라갔다.

별 무더기가 쏟아진 듯 도시의 휘황한 불빛들이 창 왼편을 가득 메웠고, 오른편은 어둠 속에 침묵의 배가 가라앉은 듯 을씨년스런 분위기가 감돌았다.

"그동안 사랑한 여자는 없었어?"

나는 창가에 서서 시커먼 밤바다를 바라보며 준서에게 물었다.

"내겐 인어공주님이 있으니까." 목소리에 약간 감정이 실린 어조다. 이어서 "지금 거북이 진심을 의심하고 있는 거야?" 준서는 질타하듯 말을 건넸다.

"운명이란 게 그들처럼 좋아한다고 해서 다 이루어지는 건 아니잖아."

"그래, 이루어지지 않는 사랑도 존재하는 법이지." 준서가 말하고는 내 손을 잡더니 부드럽게 포옹하며 나를 침대로 이끌면서 이렇게 속삭였다. "나이 먹는다는 건 참 좋은 일이야. 일일이 설명하지 않아도 아니깐."

새벽에 눈을 뜨니 준서가 홀로 깨어 창가에서 멀리 있는 바다를 응시하고 있었다. 그런 준서를 나는 몰래 지켜봤다.

"어젯밤 잘 잤어?"

바다가 보이는 창가에서 늦은 아침을 먹으며 준서가 나에게 물었다.

"아니, 못 잤어."

"왜? 무슨 일 있었던 거야?"

"자다가 몇 번이나 깼어. 그리고 널 지켜봤지."

"어린애도 아니고 무슨."

우리는 묵묵히 아침밥을 뜬다. 그리고 보니 문득, 준서의 밥 먹는 모습도 제대로 지켜본 적이 없었다는 생각이 든다. 그제야 나는 준서의 모습을 찬찬히 뜯어본다. 준서도 그런 생각이 든 것일까? 밥술을 뜨다가 나를 멍하니 쳐다봤다. 뜨는 둥 마는 둥 아침을 때우고 우리는 백사장으로 나왔다. 오전이라 모래밭에는 드문드문 사람들이 보일 뿐 조용했다. 우리는 파도 소리를 들으며 조선비치호텔 쪽으로 천천히 걸음을 옮겼다. 두 사람뿐이다, 하는 어린 목소리가 바람결에 들리는 것 같았다.

돌이켜보건대 나는 어쩌면 준서를 통해 내 유년의 아련한 추억을 간직하고픈 갈망이 가슴 한쪽 깊숙이 자리하고 있는지도 모르겠다. 이건 사랑의 감정이 아닌, 내 마음속 깊이 아름다운 기억의 한 조각으로 남아, 고향인 해운대를 영원히 그리워하고 싶은 그런 성질의 것인지도.

호텔에 다 왔을 때 준서는 구두에 묻은 모래를 툭툭 털며 나를 내려다봤다.

"우리 여기서 그만 헤어져. 너도 좀 쉬어야 할 테니까."

"내가 공항까지 바래다줄까?"

"그럴 필요 없어, 여기서 버스 타면 바로 공항인데 뭘? 언제 또 만날 기회가 있을까?"

"글쎄, 아마 어렵겠지."

"빨리 좋은 여자 만나 장가가. 외롭잖아."

"어차피 인간은 종국에는 모두 혼자가 되는걸."

"그러긴 해도."

"이래 사는 것도 나쁘지 않아."

준서가 씩 웃으며 말했다.

"잘 가."

"그래, 너도 안녕."

나는 준서가 내미는 손을 잡았다. 준서는 천천히 머리를 숙이고 해운대 시장 쪽으로 걸어갔다. 모래에 찍힌 준서의 발자국이 밀려오는 파도에 실려 사라졌다. 이번에도 준서는 결혼하자는 말을 하지 않았다. 나 역시 결혼하자는 얘기를 하지 않았다. 어쩌면 이번에야말로 정말 마지막일지 모른다는 생각이 불현듯 밀려들었다.

공항버스에 올라탔다. 바다를 묵묵히 바라보고 있는 동백섬이 저 멀리 아득하게 보이다 점차 사라져 갔다.

* 이 소설은 해운대구청 홈페이지의 <해운대 전설>을 참고함.

작품해설

장소와 운명을 탐색하는 소설 쓰기

강희철(문학평론가)

1. 소설, 그 운명에 대하여

　최정희 소설가의 이전 첫 단편 소설집은 『사봉』(전망, 2017)이다. 필리핀의 전통 닭싸움을 지칭하는 이름인 '사봉(Sabong)'을 소설집 이름으로 삼은 것인데, 이러한 제목의 선택이 출판사의 의도인지, 작가의 의도인지는 잘 모르겠지만, 이번 두 번째 최정희의 단편 소설집 『신월新月 — 다시 환상을 꿈꾸다』를 다 읽고 나서야 첫 소설집의 제목을 왜 난해한 태국식 단어로 제목을 쓰면서, 표지에 닭싸움을 하는 단순한 이미지도 없이 심플한 디자인으로 책을 내게 되었는지를 이해할 수가 있었다.
　이번 소설집도 소설가 자신이 이미 알고서 선택한 어떤 운명은 아니겠지만, 첫 번째 소설집과 같이 똑같은 출판사에, 부산에서 활동하는 비평가에게 글을 맡기게 되었는지도 뭔가 '운명'과도 같은 '반복'이 느껴지게 한다. 그*와 많은 이야기를 해 본 적이 없지만, 늦은 나이에 문단에 데뷔해서, 이렇게 두 번째 소설집까지 내면서 상업적으로 많이 팔리기 위한 전략에 고심하기보다 그냥 많은 사족을 붙이지 않는 아주 심플한 작품해설을 필자에게 직접 부탁한 것까지 첫 번째 소설집과 같은 '운명'으로 이번 소설집이 만들어질 수도 있겠다는 생각이 들었다.

그런데 사실 많은 사람들이 매일 '운명론자'처럼 살아가면서도, 자신의 이 운명을 참혹스럽게 바라보거나 괴이하게 생각하지 않는다. 그러나 오래된 그리스 신화에서 우리는 이러한 운명의 괴이함을 느끼게 하는 이야기들을 자주 전해 들었다. 독수리에게 간을 뜯기는 형벌을 받는 프로메테우스와 바위를 산 정상까지 밀어 올리는 형벌을 받는 시지프스의 이야기. 이러한 말도 안되는 형벌을 지속적으로 받는 것은 우리 세상의 부조리함을 의미한다.

그의 이번 단편 소설집에 실린 6편의 소설 안에는 이런 '부조리'함이 소설의 주제에서부터 이야기 구성까지 다양한 양태로 녹아들어 있다. 작가에게 세상의 부조리함은 '운명'으로 받아들여져 있기에 그

---

* 본래 필자는 그와 그녀를 구분하지 않는다. 너무나 운명적이고 젠더적인 이분법이기에 항상 '그'로 타인을 지칭한다.

것은 다양한 방식으로 사유되고 표현될 수가 있었던 것이다. 그렇기에 소설가 자신은 이 '소설'의 운명을, 지역에서 소설을 써나가는 운명의 부조리를 거스르지 않고 손이 닿는 사람들에게 다시 소설의 출간을 부탁한 것이라 생각한다.

하지만 첫 번째 소설집 『사봉』처럼, 이 소설집의 제목을 운명적인 상황으로 만들 필요는 없을 것이라 생각한다. 작가로서의 등단을 알린, 「사봉」이라는 소설이 운명적으로 소설가의 길을 열어주었지만 독자들에게 '사봉'이란 단어의 운명적 울림을 소설의 텍스트들을 통해서는 알 길이 없기 때문이다. 나쁘게 말해서 자본의 공간에서 '문학'이 가진 상업적 소비의 '운명'도 함께 받아들였으면 한다. 단순히 소설책으로 인식할 수 있는 어떤 물건이 아닌 이쁘고 세련된 어떤 선물로 이번 소설집이 독자들에게(필자를 포함해서) 도착 되었으면 한다.

이 바람은 스스로의 운명을 거스르는 일이 아니라, 우리의 운명을 재해석하는 일임을 받아들였으면 한다. 소설가는 세상의 부조리함을 다룰 수밖에 없는 운명이지만, 그러한 까닭에 그 운명의 부조리함에 맞서게 되는 시지프스들이다. 이야기가 회의적이거나 결말이 없는 내용에 그치더라도 소설은 언제나 운명적으로 그 안에는 인간과 사물에 대한 정성스러운 탐색의 과정을 담고 있다. 그런 점에서 소설은 남에게 건네는 '이야기'로 끝나는 단순한 경로로 삶을 마감하지 않는다. 그래서 작가가 '소설'의 운명을 혼자 결정짓는 일이 가능하지 않음을 넘어서, '우리'가 함께 소설을 읽고 쓰고 있다는 감각을 '소설'이라는 대상에게 전해주었으면 한다. 사실 우리만 외로워하고 우리만 운명적인 삶을 느끼는 것이 아니라, '소설'이라는 사물 자체도 우리와 함께 그러한 외로움을 견디고 있다. 소설이 스스로 변화하고, 자신의 새로운 운명을 개척하도록 우리는 도와야 한다.

2. 물질적 공간과 시간을 다루는 운명론자

그의 소설들에서 특히 주인공들을 통해 볼 수 있는 가장 특이한 지점은 삶에 대한 회의적 태도이다. 「능소화 필 때」에서 자식들은 이미 다 결혼해서 분가한 상태에, 아내가 죽은 뒤 홀로 살아가는 한 노인을 주인공으로 마을을 산책하는 그의 심정을 1인칭의 시점으로 내레이션 하듯이 다루고 있다.

슈퍼에서 시식 코너를 몇 번이나 장악하고 있는 노인을 혐오스럽게 표현하고 있는 장면이 있는데, "노파는 끈질기게 서서 표정 하나 흩트리지 않고 야금야금 먹고 있다. 굵직한 얼굴 주름이 지렁이처럼 꿈틀거린다. 옷차림을 보아도 그리 가난에 허덕이는 것 같지 않아보인다."라며, 나이가 들어서도 양심이 없는 모습에 대해 혐오스러운 감정을 갖는 주인공의 마음을 쉽게 알 수 있다. 그만큼 반대로 하루하루를 자신보다 성실히 살아가는 사람들에게는 정겨운 마음을 갖는다. 주인공은 짐수레를 끄는 노파의 성품에 감명받은 뒤에는 "노파가 존경스럽다, 그런 일을 하며 남 도움 없이 스스로 살아가는 노파를 보니 나 자신이 한없이 초라해 보인다."라고 말하기도 한다.

90세의 노인이 아내가 죽은 뒤 앞으로만 달려왔던 생의 의미를 지금에서야 물으며 일상의 반복을 허무하게 바라브고 있는 지점도 있지만, 짐수레를 끄는 노파에게 감명을 받는 것을 보면 꼭 회의주의에 빠져있다고 보기 어렵다. 하지만 그는 결국 모든 삶을 차곡차곡 정리해 나간 뒤에 자살로 생을 마무리한다. 지금 간단히 정리한 이야기 안에서 독자들은 이러한 결론이 당황스러울 수도 있다. 하지만 '안락사'를 인정하지 않는 나라에 사는 노인이 선택할 수 있는 방법은 이러한 자살의 시도밖에 자신의 죽음을 선택할 권리가 없다는 사실을 이해하면 '안락사'에 관한 주제를 가지고 우리나라의 현실에서 가능한 상황을 다뤘다라고 볼 수도 있다.

이러한 '안락사'의 소재는 또 다른 단편소설「신월新月 — 다시 환상을 꿈꾸다」에서 안락사를 원하는 사람을 스위스까지 동행해서 합법적 자살을 하도록 도와주는 자살 조력자의 이야기를 다룬다. 이 소설에서 주인공은 죽음의 선택할 수 있는 권리에 대한 신념에 의해 이러한 행동을 하는 것이 아니라, 부모가 없이 고아원에서 자랐고, 어려운 환경 속에서 젊은 시절 먹고 살기 위한 하나의 특별한 방편에 불과하다고 고백하듯이 이야기한다.

「신월新月 — 다른 이야기」에서는 사업 실패 후 백수로 살아가는 남편과 가족을 부양하기 위해 택시 운전를 해야하는 여자의 이야기를 다룬다. 여자는 남편이 대학 때의 첫사랑과 불륜을 저질러 상대편 배우자로부터 고소를 당하고 감옥까지 다녀왔음에도 같이 살아가며, 백수인 남편에 대해 어떤 분노나 회의감도 없이 가족 부양의 의무를 다한다.

90세의 노인, 고아인 젊은 청년, 택시운전을 하는 여자 등 소설 속의 주인공은 상당히 다른 캐릭터들이지만 공통적으로 '운명'에 따르는 삶을 따르고 있는 지점이 보인다. 이 운명은 이미 알고 있는 자신의 처지에 대해 '복속'된다는 의미에서의 운명이 아니다. 이 운명은 자기 스스로가 선택한 운명이라는 지점에서 이 소설의 주인공들은 진정한 의미의 '운명론자'들이라고 할 수 있다.

단편 「반짝이던 동전」과 「바라춤」에서는 이러한 '운명론자'의 삶을 좀 더 역사화 된 부산의 시공간 안에서 이야기한다. 「반짝이던 동전」은 과거 동래구에 '왕표연탄' 공장 인근의 판자촌 마을을 배경으로 어린 시절에 겪었던 사건들과 마을의 풍경을 그려낸다. 이후 이곳의 재개발 문제를 가지고 공무원과 마을 사람들이 대립하는 과정에서 어린 시절 친구들이 공무원과 마을 대표자로 만나게 되는 상황을 다시 그려낸다. 「바라춤」에서는 부산에서도 많은 사람들이 죽을 수밖에 없었던 보도연맹 사건을 배경으로 약 70년전, 금정구 오륜동과 선동에서 죽은 희생자 중 한 명이었던 할아버지의 삶에서부터 그의 손자인 석현에게까지 이어진 가족의 굴곡진 역사를 다루고 있다.

단편 「바라춤」에서는 특히 '운명'에 대한 생각이 잘 서술되고 있는데, "이 세상은 도저히 논리적으로 설명할 수 없는 그 무엇인가가 존재하고 있는 듯한 그런 느낌이 들었다. 또 사람의 정해진 운명이란 그 누구도 거스를 수 없다는 것을 받아들임으로써 고통 따위도 묵묵히 체념할 수 있을 것만 같은 심정이 들었다"라고 주인공 석현의 입장에서 서술되고 있다.

최정희의 소설은 이러한 '운명'에 대한 묵묵한 체념 속에서도 자신의 길을 걸어가는 다양한 인간 군상을 다루고 있다고 볼 수 있다. 그래서 때로 우리가 이해할 수 없는 서사적 결론에 다다르더라도 그것은 자신이 관계된 역사적 시공간을 무시한 결과가 아니라 그 한계 안에서 주인공들이 내린 자의적 판단을 '존중'해 달라는 메시지를 보내고 있다고 보인다.

이는 소설가로서 '운명'을 인과응보나 어쩔 수 없는 불가항력의 요소가 아닌, 사물들과 인간의 역사를 들여다보기 위한 중요한 소재처럼 여겨진다. '바위'가 운명적으로 단단해졌다거나, '새'가 운명적으로 날게 되었다는 결론적인 선언이 아니라, 왜 바위가 운명적으로 단단해졌는지, 새가 왜 운명적으로 날게 되었는지를 소설가 스스로 그 운명론적 얼개를 짜보는 것이다. 신이 아닌 이상 그러한 얼개가 타당

한지는 증명할 수 없지만, 스스로 얼개를 짜는 것이 소설이자 소설가인 것은 분명하다. 그런 점에서 이번 최정희의 단편 소설집 『신월新月 — 다시 환상을 꿈꾸다』의 소설들은 '운명'이라는 주제 의식으로 함께 묶여 있다고 볼 수 있는 것이다.

3. 지역과 공동체에 대한 윤리적 태도

지금까지 최정희의 소설들을 어떤 서사의 문제로 탐독했다면, 그 소설들이 얽혀있는 문제를 지역과 공동체의 문제로 들여다보고자 한다. 그의 거의 모든 소설이 '부산'이라는 공간을 주 무대로 설정하고 있다. 예외적으로 딱 한 편의 작품, 「신월新月 — 다시 환상을 꿈꾸다」는 독일과 스위스를 주 무대로 다루고 있지만, 주인공의 어린 시절은 한국의 '천당' 고아원으로 설정되어 있다. 그리고 그 외 모든 소설에서 부산을 다루고 있지만, 부산의 여러 공간을 다양하게 탐색하는 것이 아니라, '동래'라고 상정할 수 있는 역사적 공간을 중심으로 이야기를 펼쳐내고 있음을 확인할 수 있다.

「능소화 필 때」의 경우 노인 스스로가 "부산에서 태어나 여태껏 살아온 고장을 떠난다는 게, 마치 머나먼 타국으로 이민 가는 듯한 기분이 들기 때문이기도 하다"며, 다른 지역에 살고 있는 자식들과 같이 살고 있지 않는 이유를 설명하기도 하며, 동래 근처의 역사적 공간인 충렬사의 능소화나 부산 화지공원에 있는 고령의 배롱나무를 생각할 때, 그 장소를 '동래'의 어떤 공간으로 상정할 수가 있다.

이외에 「신월新月 — 다른 이야기」에서는 택시 운전사인 여자가 택시로 돌아다니는 장소가 해운대, 동래, 송정, 기장으로 그려지고 있으며, 「반짝이던 동전」은 동래 낙민동을, 「바라츰」에서는 호선 마을로 불리는 동래구 안락동을 다루고 있고, 중편에 가까운 내용으로 수록된 「구름바다, 모래성」의 경우 해운대를 배경으로 다루고 있지만, 소설 속에서 "나는 해운대 토박이다. 아버지는 김해 김씨 김수로왕의 후손으로 조상 대대로 해운대를 떠난 적이 없다. 내 어릴 때만 해도 해운대는 동래구에 속했고 여고가 없어 나는 동래시장 인근의 여고를 다녔다."라고 이야기하고 있다. 이렇게 다양한 장소들이 '동래'라는 역사적 지형을 중심으로 설명이 되고 있는 것이다.

위와 같이 소설 속에 드러나고 있는 부산을 들여다 보는 역사의식은 「바라춤」에서 학식이 뛰어났던 외할아버지의 역사의식 안에서 뚜렷히 잘 표현된다. 외할아버지가 했던 말을 옮기는 어머니의 이야기를 들어보면, "그리고 그 행토핵자가 엔놈(왜놈)이 동래 양반을 격하시킬라꼬 부산시라 했다카면서 '동래시 부산구'로 해야 한다고 그라카더라."라고 서술하고 있다. 그러면서 소설에서 호선이란 마을의 집성촌에 대해 "서씨, 왕씨, 최씨가 집성촌을 이루며 살고 있지"라며 소설가 자신의 성씨에 대한 역사까지 드러내고 있는 것을 보면, 부산을 '동래'가 아닌 일제에 의해 새롭게 이름이 만들어지게 된 '부산'의 명명에 대해서 비판적으로 성찰하고 있음을 살필 수가 있다.

이와 함께 현재는 부산의 중심지가 된 해운대의 역사가 얼마나 척박한 공간이었는지를 살펴보게 하는 「구름바다, 모래성」은 태풍 때문에 마을에 물난리가 나는 상황과 주인집을 중심으로 다양한 셋방에 얹혀사는 어려웠던 서민들의 삶을 잘 그려내고 있다.

이로인해 우리는 최정희 소설에서 나타나는 소설의 큰 근간이 근대 이전부터 올곧게 사유해야 할 지역에 대한 역사적 주체성과 그에 따른 윤리적 의식이 크게 작용하고 있음을 엿볼수가 있다. 자본에 의해 오히려 오래된 역사가 황폐화 되는 도시의 삶 안에서 주인공들을 그저 이 자본의 '운명'에 맡겨진 인간으로 그려내는 비판적 성찰이 「신월新月 — 다른 이야기」이라는 기이한 형태의 가족이 되어, 아내가 비만으로 성적 매력이 없는 택시 운전사로 가족을 먹여 살리면서 살아가고 있거나, 「능소화 필 때」의 노인처럼 더 이상 누구에게 자신을 의탁하기 싫어서 '자살'을 기도하게 되는 상황까지 나아간다. 그는 자살을 하면서까지 "이틀을 물만 먹고 지낸다. 죽은 사람의 배설물이 마음에 켕기기 때문이다"라고 말하면서 자신의 올곧은 도덕성을 죽는 그 순간까지 품고 있음을 알 수가 있다.

그의 소설에서는 이렇게 '부끄러움'을 완전히 잃거나 이를 끝까지 안고 가는 모순적인 인물들이 교차하기도 하고, 「반짝이던 동전」이나 「구름바다, 모래성」에서처럼 지금은 과거의 순수함을 잊거나 잃어버렸지만 다시금 어떤 '윤리'나 '사랑'의 의미를 다시 복원해 보기도 한다. 이렇게 소설에서 보이는 주인공들의 운명은 부산이라는 지역과 그 안에서 살아왔던 삶의 주인들이 지녔던 순수한 윤리적 태도가 '도시'의 바깥에서 왔음을 살피게 한다. 그래서 그의 소설의 장소들은 어떤 개인의 사적인 공간이나 도시 공간의 폐쇄성으로 환원되는 경우가 없다.

최정희의 소설들은 이렇게 '열린' 공동체의 공간과 그 역사를 탐색한다. 그런 과정에서 주인공들은 너무나 순수한 애착 관계들로 환원되는 요소가 있기도 하지만, 그것은 '도시화'의 풍경 안에 역사적 시공간과 그 연원에 따른 인물들을 만나게 하는 '로맨스', 즉 사랑 이야기를 만들면서 벌어지게 되는 사건에 가까울 것이다. 이는 인물들이 지녔던 역사적이면서도 순수했던 과거의 '서정성'을 복원하는 일이 된다. 그래서 이 도시화된 현재의 삶 안에서 좀비처럼 일상을 살아갈 수는 있어도, 물신주의에 휩싸인 '악인'이 되거나, 도시화 속에서 정신적 착란을 일으키는 '사이코패스'들이 등장하지는 않는다. 이것이 이 소설의 미덕일 수도 있으나, '역사'와 '공동체'를 안고 있기에, 결코 이 소설집 안에서 그려낼 수 없는 것이 생긴다. 즉 '개인'이라는 자본주의적 인물의 기괴함을 세밀히 관찰하고 있지는 못하다.

이는 결론적으로 소설가의 목소리와 화자의 목소리가 '개인'으로 환원되지 못하고, 역사적 문제와 함께 어떤 윤리성의 탐구로까지 인물의 성격이 이어져 있기 때문이다. 이러한 성향 안에서 소설 안에서 또다른 구성적 요소가 반복되는데, 그것은 '동화'라는 구성적 요소의 차용이다. 소설의 구성적 요소에서 '동화'적 이야기가 자주 차용되는 상황은 이 소설이 어떤 개인의 발화가 아니라 '공동체'를 지향한 목소리를 지향하는 가운데 지역과 인간의 삶에 대한 이야기를 하기 위해 동화를 자주 차용하게 되는 것이다.

4. 소설과 인간의 '정서'에 대해 남겨진 성찰들

'정서'라는 것은 사람의 마음에 일어나는 갖가지 감정을 의미하지만, 그것을 우리는 인간의 '감정'을 있는 그대로 읽어낼 수가 없다. 그 정서가 드러내는 몸의 태도와 언어적 발화방식을 통해 그것을 상대의 감정으로 읽는다. 이는 소설이나 인간이 결국 '정서'를 표현한다고 말할 수도 있지만, 결국 언어적으로 표현되도록 만들어낸다고도 할 수 있다. 그런 점에서 우리에게 어린 시절 정서를 가장 손쉽게 함양하는 이야기는 '동화'가 된다.

「바라춤」에 나타난 여우 신선이 살았다는 호선 마을의 전설, 「신월

新月 ─ 다시 환상을 꿈꾸다」에서 나타나는 로렐라이 언덕의 바다 요정 전설, 「구름바다, 모래성」에서 다루고 있는 언어와 관련된 <해운대 전설> 이야기 등 소설가는 전설을 소재로 다루면서 동화와 같은 이야기를 소설 속에서 자주 다루고 있다. 이는 「반짝이던 동전」이나 「구름바다, 모래성」의 인물들의 어린 시절 이야기가 마치 '동화'처럼 남녀의 사랑이 끈끈한 순수성으로 엮어져 있는 이유이기도 하다.

이전 2017년 첫 소설집을 발간하면서 ≪국제신문≫에 인터뷰한 내용에서 "청소년 장편소설을 구상하고 있다."라고 했던 것처럼, 작가가 소설에서 인간의 '정서'를 다루는 태도가 좀 더 보편적인 서사를 해야하는 이야기로 더 펼쳐지기를 기대해 본다.

보편적인 이야기는 어떤 점에서 인간 '정서'의 역사를 다룬다. 우리에게 정체된 '정서'는 특별한 역사적 시공간 안에서 만들어진 것이다. 그런 점에서 최정희 소설가가 가지고 있는 개인화 되지 않는 어떤 서사적 태도는 앞으로도 독특한 '괴물'들을 만들어내지도 않겠지만, 참혹하고 억압적인 운명 앞에서도 자기만의 독단적인 선택을 할 수밖에 없는 개인들의 역사를 그려낼 것이다. 그 안에서 우리는 이미 존재하지 않는 타자들의 목소리를 복원해 볼 수도 있고, 좀 더 순수하게 정제된 방식으로 인간의 윤리적 문제와 타자를 향한 사랑의 문제를 들여다볼 수도 있게 된다.

다만 아쉬운 것은 소설가 자신의 '정서'가 소설 주인공의 내면에 많은 영향을 끼치고 있다는 점이다. 이는 주인공을 그냥 관찰만 하는 태도로 방관할 수 없는 최정희 소설가만의 소설 쓰기의 방식에 기인하는 것으로, 자신의 역사와 지역의 역사를 올곧게 사유하고 있는 태도 때문이다. 그래서 그의 소설 중에 '전혜린, 노천명'이란 작가가 언급되는 것은 역사적으로 여성이 글을 쓰는 것이 얼마나 남성에 비해 힘겨운 일인지 가늠하게 만든다. 그래서 왜 일찍이 서둘러 '작가'가 되는 길을 선택하는 것이 어려웠는지를 짐작하게 한다. 이런 공감할 수 있는 타자의 역사가 있었기에 그는 지금 글을 쓰는 동력을 잃지 않는 것으로 생각된다.

자본주의적 사회 속에서 갇히지 않는 사고에서 "사적 소유의 폐기는 인간의 모든 감각과 자질의 완전한 해방이다. 정확히 이런 감각들과 속성들이, 주관적으로건 객관적으로건, 인간적으로 되었기 때문에 해방이라고 하는 것이다"라고 칼 맑스가 우리 사유가 자본주의 안에서 해방될 수 있는 감각의 문제를 이미 선언적으로 이야기를 했던 것처럼, 사적 소유뿐만 아니라, 사적 판단에 갇히지 않기 위해 역사적 문제들이 새롭게 우리에게 환원될 수 있어야 한다. 그런 점에서 작가가 글에 인간의 보편적인 역사와 그 '정서'를 올곧게 녹여내는 일은 무척이나 중요하다. 앞서 청소년을 위한 장편소설을 준비한다고 했던 과거의 다짐처럼, 더 타자의 편에서, 보편적인 윤리를 성찰하는 이야기의 가능성을 계속해서 밀고 나갔으면 하는 바람이다.